I0561557

ƒ : 1 · ℓℓ ·

1 16   6

3 ——

3   6

2 · 7 · 0

1 16 ——   6

2 ·   6

3 ·   6

2 · 2 · 0

1013

LA
PRINCESSE
OV
L'HEVREVSE BERGERE,
PASTORALLE.

De l'Inuention du Sieur de
BASIRE.

A ROVEN,
Chez CLAVDE LE VILLAIN,
Libraire, & Relieur du Roy, ruë
du Bec, à la bonne Renommée.

M. DC. XXVII.

A LA SERENISSIME
REINE D'ANGLETERRE,
d'Escosse, & d'Irlande.

MADAME,
Ceste petite Bergere va
trouuer vne des plus
grandes Reines du mon-
de, & quittant l'air du doux pays où
vous auez prins naissance, voir celuy
que nos peres ont estimé le dernier
de l'vniuers, où le bon Genie du cli-
mat vous a conduite & appellee. Elle
espere trouuer place pour son sejour
en ceste Arcadie que la Comtesse de
Pembrok y a tant heureusement
transportee, & trouuer sa patrie bien
loin de son pays. Et d'autant que les
estrangers, & principalement ceux

A ij

4

qui font couuerts d'habits fimples &
ruftiques, comme elle, ne font admis
qu'auec difficulté dans les palais des
grands Princes & Monarques de la
terre, elle fupplie voftre Majefté,
que la langue en laquelle elle racon-
te fes aduentures, qui eft celle où
vous auez efté nourrie, & qui eft la
propre des fubjects du Roy tres-
Chreftien voftre frere, luy ferue de
paffeport & d'entree. Elle a creu ren-
contrer en voftre Ifle plus d'heur &
de feureté qu'en toute autre prouince où le deftin la pourroit conduire,
tant pour les heroïques & royalles
vertus qui vous enuironnent, que
pour s'eftre perfuadee, fuiuant la
creance commune, que les loups ne
peuuent viure en la grande Breta-
gne. Si fon Autheur n'euft efté
eftonné des perils de la mer, & de
la longueur du voyage, il fuft allé

vous la prefenter luy mefme. Il l'ex-
pofe donc feule à la mercy de l'O-
cean qu'elle va trauerfer fouz les auf-
pices de voftre nom glorieux, pour
paruenuë fur la Tamize vous aller
affeurer qu'il eft,

MADAME,

*Voftre plus humble & affectionné
feruiteur*

DE BAZIRE,

A iij

STANCES.

'Aſtre qui fait les ans par ſa
    courſe Phiſique,
Auoit ja par vingt fois dans ſon
    chemin oblique
    Veu ſes hoſtes diuers:
Et ces foreſts cedant aux loix de la nature,
Par deux fois dix hyuers,
Dépoüillé leurs habits, & leur belle verdure.

Depuis que Lycoris, errant parmy le monde,
Auoit quitté ſon pere, en cent lieux vagabonde,
Sous ſon premier atour:
Sans ſoin de quelle grace vn habit l'enuironne:
Quand elle fiſt retour
Aux riues où Ladon de roſeaux ſe couronne.

D'vn iuſte repentir la pointure eternelle,
D'auoir ſans le congé de la voix paternelle,
Abandonné ſon toiĉt,
Auant les derniers traits que ſa main fauorable
Touſiours luy promettoit;

La rendoyent penitente, autant comme coulpable.

    Elle retourne en fin au pied de ces motagnes,
Où les Nymphes des eaux, aes prez, & des cam-
Auoyent premierement   (pagnes,

  Esleué iusqu'au Ciel de son pere la gloire :
Et graué sainctement
Son nom au plus beau lieu du teple de memoire.

    Ia l'Estoille au Berger au Ciel estoit parue :
Et des champs le Berger ramenoit sa charue,
Lassé de ses trauaux :
Et le Soleil tombant dans son moitte repaire,
Débridoit ses cheuaux,
Alors que la Bergere arriua chez son pere.

    Changement incroyable! elle vid l'herbe verte
Fleurir au sueil de l'huis, la maison descouuerte,
L'estable sans aigneaux :
Sans hoste le logis, les iardins sans closture,
Et tous les pastoureaux   (ture.
Changez côme il sembloit d'humeur & de na-

    Alors mille regrets percerent son courage:
Le débord de ses pleurs luy noya le visage:
L'air fendit de ses cris :
Et ne voyant plus rien qu'vne place deserte,
La pauure Lycoris
Creut qu'aussi de son pere elle auoit fait la perte.

    Il est dôc mort, dist-elle, & la Parque indôtee
A fait surgir son ame au bord Acherontee,

Au plus beau de son iour!
Et le sort n'a voulu preuenant mes complaintes
Attendre mon retour,
Pour fermer de ses yeux les lumieres estaintes.

Pourquoy me nomma-il heureuse en ma naissance?
Ce tiltre est bien contraire à la dure influence,
Que me donne le sort:
Il n'auoit pas conte cinq lustres de sa vie,
Et toutesfois sa mort
Me laisse toute seulle exposee à l'enuie.

Ie ne veux plus songer à me rendre eternelle:
Pour le suiure au tombeau ie veux estre mortelle:
C'est la ma passion:
Et l'arrest des destins seroit par trop seuere,
Si ma condition
Se monstroit preferable à celle de mon pere.

Comme elle se fondoit en ses ameres plaintes,
Rendant par la pitié toutes choses attaintes,
Thirsis le vieil Berger
Aborda la pauurete en ses douleurs pressees,
Afin de l'alleger,
Et luy dist ces doux mots qui flattoyent sa pensee.

Ne t'afflige point tant, ô gentille Bergere!
Ton pere n'est point mort! la voix est mensongere
Qui t'a dit autrement:
Il vit du tout content, si fortune inconstante

Qui va sans réglement,
Peut rendre vne personne en ce monde contente.
   Sur les autres Pasteurs l'a porté son merite:
La loy de son bon heur en du cuiure est escrite
Par les mains du destin:
Il est vray que le peuple habitant le riuage,
Est barbare & mutin
Qui ne monstre rien d'homme, excepté le visage.
   Ce peuple discourtois, d'humeur fiere & hau-
     taine,
Sent encore le temps que nous viuions de faine,
Et de gland dans les bois:
Sinon que l'innocence exempte d'artifice,
Qui nous donnoit ses loix,
Gardant sa barbarie, est changée en malice.
   Là iamais des nœuf sœurs ne fut la troupe
     sainte:
Quand Homère y viuroit il faudroit par con-
Qu'il mendiast son pain: (contrainte
L'oysiueté, le luxe, auec la gourmandise,
Y marchent en grand train:
L'vsure, le blaspheme, & l'orde paillardise.
   Themis auec ses loix n'y fut iamais connuë
Et par impunité marchent dedans la ruë
Sans frayeur les meschans:
Iusqu'au pied des autels se font les homicides,
Et iamais dans ces champs

Pour ces monstres punir ne se virent d'Alcidés.

   Là comme dans son trosne est l'impudence
     assise,
Qui ne reconnoist point le prince, ny l'Eglise:
Et tel qui par larcin
Auoit esté banny de ceste isle feconde,
Plain de lepre, & larcin,
A planté son bordel aux yeux de tout le mōde:

   Là ton pere a choisi malgré nous sa demeure:
Le doux air de ce mont luy déplaist à ceste heure,
Et nous desobligeant,
Sur les tresors du monde il met son esperance:
Et ne va pas songeant,
Que le contentement ne gist en l'abondance.

   Le mestier des neuf sœurs n'est plus son exercice
Son luth n'est plus d'accord, il y seroit Nouice
S'il le falloit pincer:
Si l'on parle des vers le discours l'importune,
Et ne veut confesser
Que Phebus a causé sa meilleure fortune.

   Ingrat qui fait iniure aux filles de Permesse:
Et trompant leur faueur qui luy faisoit promesse
De le rendre immortel:
S'abaisse indignement auec vne gent basse:
Et quittant leur autel
Prefere vn peu de bié aux lauriers de Parnasse.

   Veux-tu point obliger ce mont, & ce riuage,

Où sa Muse ébauchea les traits de son visage,
De nous le ramener :
Ces monts reuerdiront, ces bois, & ceste grotte,
L'y voyant retourner :
Nous en ferõs vn Dieu s'il est iamais nostre hoste.

   Ainsi dist le Pasteur : & la chaste Bergere
Ainsi luy respondit: s'il est vray que mon pere
Soit si proche d'icy,
Ie me feray conduire en sa belle presence:
Car mon plus doux soucy
Est, de voir celuy-la qui m'a donné naissance.

   Mais ie m'estonne bien qu'il ait eu le courage,
Pour vn petit de bien de quitter ce riuage,
Car il fut autres fois
Ennemy d'auarice, & d'orgueil, & d'enuie:
Et mesme qu'en ces bois
Afin d'en estre exempt, il receloit sa vie.

   Il me souuient alors que ma ieune esperance
Pour sortir de ces mains força sa resistance,
Qu'il me tint ce discours :
Puis que ie ne sçaurois m'opposer d'auantage
Au peril où tu cours ;
Escoute vne Cassandre annoncer ton dommage.

   C'est contre mon aduis que tu quittes ton pere,
Pour te prostituer aux mains du populaire
En quittant tes brebis ;
„ Quãd on touche les fleurs on gaste leur paisage

„ Et les plus beaux habits

„ Se diffament en fin par vn trop long vsage.

„   L'honneur que tu pretends acquerir dans le
       monde,

„ N'est que pure folie à nulle autre seconde,

„ Et toute vanité;

„ Tout le bruit qui nous vient de la part du

„ N'a point de fermeté: (vulgaire,

„ Hier ce qui trouua bon demain luy peut dé-
       plaire.

„   Puis ce n'est à ce siecle à iuger nos ouurages:

„ C'est la posterité qui sans voile ou nuages

„ Approuuera nos vers:

„ C'est à ceux qui viendront, d'empescher que

„ Ne soit mangé des vers;   (ce liure

„ Où le ietter au feu comme indigne de viure.

„   La gloire des Autheurs ne vit qu'apres
       leur vie:

„ Ils sont durant leurs iours la butte de l'enuie;

„ Qui meurt quant & leur mort:

„ Car Dieu veut que celuy qui ne se peut defen-

„ Estant au dernier bord,   (dre

„ Phœbus le canonize, & parle pour sa cendre.

„   De tant d'œuures diuers qui vollent par la
       terre

„ Deux ou trois seulement par vne iuste guerre

„ Echapperont au temps:

                                        „ Le

„ *Le reste seruira de victime à la Parque;*
„ *Et l'iniure des ans*
„ *S'ils ont iamais esté, ne laissera de marque.*
„   *Comme le vieil Priam sur les murs de sa*
      ville,
„ *Vid mourir ses enfâs sous le glaiue d' Achille,*
„ *Et des autres Gregeois:*   (*ouurages,*
„ *Plusieurs verront mourir deuant eux leurs*
„ *Qu'ils croyoyent toutesfois*
„ *Deuoir vaincre les ans, les siecles, & les ages.*
   Si c'est ce vain espoir qui de moy te separe:
Demeure en mon estude, & iamais ne t'égare
Dans ce siecle peruers:
Tu t'abuses, croyant que l'on t'immortalize,
Pour trois ou quatre vers:
Car ie n'ose esperer seulement qu'on te lize.
„   *Et quand tu te verrois en cêt lieux estimee,*
„ *Dequoy te seruira ta vaine renommee,*
„ *En ce siecle de fer ?*
„ *Alexâdre n'est plus, des Princes l'exemplaire,*
„ *Qui pour nous échauffer*
„ *Dônoit à chaque vers vn talent, pour salaire.*
„   *Tant d'esprits ignorans ont monté sur la*
      cyme   (*stime*
„ *Du mont à double chef, qu'on ne fait plus d'e-*
„ *Du laurier verdissant:*
„ *Ils ont troublé les eaux des filles de memoire;*

,, Et le nombre accroissant

,, Fait qu'on tourne à mépris, ce qu'on tournoit à
      gloire.

,,   On tient ceste science, auiourd'huy trop
      commune,

,, Venir pourtant du Ciel, mais du Ciel de la Lu-
,, Tout marche en declinant :   (ne:

,, Dessus l'vtilité toute chose se fonde :

,, Et va t'on profanant

,, Ceux qui furent les Dieux, & les Anges du
      monde.   (terre:

,,   Tout conspire à chasser les beaux arts de la

,, Mars en pure rapine a fait changer la guerre:

,, La vertu n'a plus lieu :

,, Le monde depraué de sa fin nous menace:

,, Et mesme ce grand Dieu

,, N'est plus seruy de no⁹ que de mine, & de face.

      Demeure donc ma fille en ma chambre en-
      fermee:

Que le desir des biens & de la renommee

Ne t'enchante iamais :

D'aucune faim de l'or ie n'ay l'ame gesnee,

Ny n'auray desormais,

Car mon ambition dans mes champs est bornee.

      Ainsi me dist mon pere à nostre departie:

Afin que si i'errois faute d'estre aduertie

Il n'en fust pas repris:

Et tu vois bien par là, quelle estoit sa pensee,
Et combien ses esprits
S'élongnoyent du desir dont son ame est pressee.
   Ainsi dist à Thyrsis ceste ieune Bergere:
Et puis fait le dessain d'aller voir où son pere
A basty son seiour :
Elle trouue vn berger pour luy seruir de guide,
Aussi tost que le iour
Aux cheuaux du Soleil eust redonné la bride.
   Ladon, est vn doux fleuue arrousant l'Ar-
      cadie;
Qui petit en sa source en s'elongnant mandie
Tribut d'autres ruisseaux :
Qui lassé de traisner les courses vagabondes,
Du cristal de ses eaux
Va perdre dãs Alphee & son nom, & ses ondes.
   Aux sources de ce fleuue elle en fist la rencõtre:
Et si tost qu'il la void, aussi tost il se monstre
Son pere en son endroit :
D'estonnement & d'aise il a l'ame rauie:
Et bien luy conuiendroit
Ce qu'vne mere fist voyant son fils en vie.
   Et puis luy dist, ma fille, apres si long espace
Viens tu reuoir ton pere, & sçauoir qu'elle face
Luy va monstrant le sort ?
Depuis ton departir & ta fascheuse absence
Cent fois ie fusse mort.

Mais touſiours de te voir ie gardois l'eſperance.
    Hé bien tout à loiſir tu t'es veu meſpriſee:
Ta grace aux ignorans a ſeruy de riſee :
De geſne aux enuieux !
Parmy tant d'inconſtance au monde conſtumiere,
Quelque eſprit genereux
T'a il bien pardonné d'auoir veu la lumiere?

    Ie ne puis pas du tout ignorer ton merite :
T'ayant en tant de lieux la fortune conduite
Qu'oncques ie n'eſperois :
Et tes ſimples habits ne t'ont point empeſchee
D'entrer chez les grands Rois :
Et de dire les feux dont ton ame eſt touchee.

    Le Berger qui chanta mourant, ces ydilies :
Me tira de ce mont, & des plaines iolies
Où Clyon m'amuſoit :
Ie n'euſſe iamais creu m'en pouuoir bië diſtraire,
Car tout m'y complaiſoit,
Iuſqu'aux moindres oyſeaux de ce lieu ſolitaire.

    Mais toy, qui te conduis en la terre incongnuë,
Où la ſimple vertu n'a iamais eſté veuë
Sinon que de trauers ?
Crains tu point d'éprouuer le venimeux langage
D'vn peuple ſi peruers ?
Va t'en ma fille aymee, & fuy de ce riuage.

    Garde bië de tomber en leurs mains ſacrileges:
Ils tiendroyent tes beaux vers pour quelques ſor-
                                            (tileges,

Et feroyent ton procez !

Va m'attendre en ce mont où la Muse immortelle

Me fist donner accez :

C'est là que ie promets de te faire plus belle.

  Ie voy quelques defauts qu'il faut que ie cor-
   rige :

„ Il faut s'assubjettir aux loix où nous oblige

„ Phœbus tout embelly :

Et puis la belle Reine, à qui ie te dedie,

A l'esprit si poly,

Quelle merite bien tout l'honneur d'Arcadie.

  Chez elle tu verras la beauté dans sa gloire,

Qui surmonte bien loin tout cela que l'histoire

Autresfois escriuoit :

Nature en ses beaux yeux admire son ouurage :

Et la voyant on void   (age.

L'espoir des temps passez & l'honneur de nostre

  Ainsi luy dist son Pere & la meine en mesme heure   (re,

Aux lieux, où ieune d'ans il auoit fait demeu-

Parmy ses plus cheris :   (ture

Où d'vn style tout autre, & d'vne autre pein-

Il peignit Lycoris,

Que n'auoyent fait encore, & l'art & la Nature.

ENTRE-PARLEVRS,
OV ACTEVRS.

HYLAS, Pasteur estranger.
LYCORIS, Bergere.
DORALIS, Pasteur frere de Lycoris, mais inconneu.
MYRTHINE, Bergere.
DAMON, Pasteur.
PHILIRIS, Bergere.
PAN, Dieu d'Arcadie.
MESSAGER de Pan.
SATIRE.
THIRSIS, Pasteur.
ARCADIN, Bouuier.
MESSAGER.
CHOEVR.

ACTE PREMIER.
SCENE PREMIERE.

Doralis. Philiris. Lycoris.

Doralis.

IA le Soleil sur ce mont paroissant
Semble appeller mon troupeau blan-
chissant :
Et les oyseaux, de l'Aurore les chantres,
Qui font parler les buissons, & les antres,
Auec mon somme ont éueillé mes pleurs.
Allez brebis tondez l'email des fleurs :
Recompensez la tardiue paresse
De ce Berger que la douleur oppresse ;
Et qui gesné d'vn perdurable ennuy,
N'a soin aucun ny de vous, ny de luy.

Philiris.

Mesme paresse aussi m'est arriuee,
Qui fait qu'au lit le Soleil m'a trouuee,
Apprehendant le succez de ce iour :
C'est vn de ceux dont l'annuel retour,
Estoit en crainte attendu de nos peres :
Comme fatal aux fortunes prosperes.

Doralis.

,, C'eſt vn erreur de croire que les iours
,, Bon ou mal heur apportent en leur cours:
,, Nos paſsions cauſent leur difference;
,, Et de nous ſeuls prouient leur influence.
Auſsi du temps ie ne faits aucun choix
Depuis qu'Amour me range ſous ſes loix.

Philiris.

I'auois bien dit que ce cœur inſenſible
Perdroit enfin le tiltre d'inuincible,
Et que deux yeux, auec leur doux regard,
Arreſteroyent vn Berger ſi hagard,
L'effet n'a point dementy mon oracle,
Et ſans mentir c'euſt eſté grand miracle,
Si Cupidon qui ſurmonte les Rois,
N'euſt peu ſou-mettre vn Berger ſous ſes loix.

Doralis.

Chaſte Bergere, aux deſpens de ma gloire,
Ta prophetie eſt changee en hiſtoire :
Contre l'eſpoir de mes deſſains plus beaux :
Car i'euſſe dit que pluſtoſt ces Ormeaux
Euſſent produit ou le gland, ou la feine,
Les premiers mets de noſtre race humaine,
Que de l'Amour i'euſſe ſenty l'effort :
Et toutesfois ie me trompois bien fort.

Philiris.

Es-tu marry qu'vne belle Bergere

N'a pas voulu que ie sois mensongere?

Doralis.

Non: au contraire: vne telle beauté
Fait trop d'honneur à ma captiuité :
Mais ie me plains qu'en ce siecle où nous sommes
Amour n'est plus amour entre les hommes.

    Au temps heureux que Saturne regnoit;
Et que la langue au cœur ne repugnoit ;
Que les mortels n'auoyent pour leur retraitte
Qu'vn antre obscur ou quelque ombre secrette:
Dans les recoins des bois plus écartez,
Dans le seiour des lieux moins frequentez,
L'Amant pouuoit sa Bergere conduire,
Seule auec luy, sans crainte de médire.
Car les Serpens n'auoyent encor transmis
Leur froid venin aux hommes ennemis,
Pour d'vne langue infectee, & meschante
Soüiller apres la personne innocente:
La calomnie, auec ses dents de fer,
Faisoit encor residence en enfer,
La pasle enuie, & telles autres pestes,
N'auoyent glozé nos discours, ny nos gestes.

    Amour alors, de l'Olympe venu,
Comme on le peint estoit simple, & tout nu:
Le monde estant en sa premiere enfance,
N'auoit pour loix que la pure innocence,
On ne sçauoit que s'estoit de tromper,

Ny par serment le credule attraper,
Les feints soupirs, & la trompeuse plainte,
De l'estomach ne sortoyent par contrainte,
Encore l'œil de pleurs ne se bagnoit,
Si par dedans le cœur ne se plaignoit,
La fraude alors ne paroissoit masquee,
L'art n'ayant point la nature offusquee,
Et les humains marchant innocemment,
Viuant sans mal viuoyent heureusement.

   Que ne voulut le Ciel inexorable
Me faire naistre en ce siecle adorable?
Sans me garder à cêt aage peruers,
Où la bonté gist esteinte à l'enuers?
Où l'homme iuste endure le supplice
Du Scelerat, qui corrompt la Iustice?

Philiris.

Cher Doralis il nous faut gouuerner
Selon les temps que Dieu nous veut donner :
Puis qu'aussi bien, pour pleurs ny pour prieres
Les Cieux luisans ne tournent leurs carrieres.

   Quand ces forests despoüillent leurs habits:
Et que ces fleurs vernissent leurs rubis,
Quand des aigneaux on va tondant la robbe,
Le temps leger l'espoir ne nous desrobe,
De leur reuoir leurs tresors emportez,
Car l'an suiuant ramene leurs beautez :
Mais c'est en vain que l'attente se fonde

De retourner à l'enfance du monde;
Voyons nous pas toutes choses faillir,
Et l'vniuers empirer & vieillir?

Doralis.

Tout va changeant, rien de forme ne dure,
Sinon l'aigreur du tourment que i'endure:
Et Lycoris plustost verra mourir
Mon pauure cœur que de me secourir.
I'en suis trop seur, combien que depuis l'heure
Que ma raison son esclaue demeure,
Mon triste esprit qui perit pour aymer
N'ait pas osé son tourment exprimer,
Bien que ma peine, & douleur continuë
A mon aduis luy soit assez connuë.
    Mais i'apprehende en luy manifestant,
Que cêt espoir qui seul me va restant
Ne m'abandonne, alors que sa colere
Vn dur refus me rendra pour salaire.
    Mais si faut-il quant ie deurois perir
De mon dessain le but luy descouurir:
,, La mort n'aura sur moy plus de puissance
,, Pour son mespris, qu'elle a pour mon silence.

Philiris.

Ie ne croy pas que tu sois agité
D'vn plus grand mal quand tu l'auras conté:
,, Tout au rebours: car on dit qu'vne peine
,, Plus on la cache, & plus est inhumaine.

Doralis.

Ie suis forcé d'en venir à ce point:
Puisse la mort, si son cœur n'est espoint
De mes ennuis, m'enuoyer aux lieux sombres,
Où Pluton tient l'Empire sur les ombres!
   Bien a propos m'est venu ce dessain
Car ie l'auise en ce vallon prochain.
Dure beauté! doux Soleil qui m'enflamme!
Tu fais fleurir les souris dans mon ame!
Et te perdant ie me sens arriuer
Dans les glaçons d'vn perdurable hyuer!
   Ià son troupeau dans les nostres se mesle!
Froid & tremblant ie vays au deuant d'elle
Tout resolu d'entendre de ce pas
Arrest fatal de vie, ou de trespas.

Philiris. Parlant tout bas.

Pauure Berger tu cours hazard d'entendre,
Ce qu'il vaut mieux ignorer, que d'apprendre!
Encor as-tu pour sortir de douleur,   (heur.
Fait choix d'vn iour, qu'on tient plain de mal-

Doralis.

Honneur du mõde, & du Siecle où nous sommes!
Vray Paradis de l'amour, & des hommes!
O Lycoris! quel fauorable Dieu,
Quel Astre heureux vous conduit en ce lieu?
Certainement ceste forest s'encline
Pour saluèr vostre grace diuine::

                       Et ces

Et ces deserts roſtis par les chaleurs :
En vous voyant, ſe ſont pareʒ de fleurs :
Et le Soleil vous ayant apperceuë,
A diſſipé ceſte ombrageuſe nuë.

Lycoris.

Quel nouueau ſtile entreprend ce Berger?
Eſt-ce pour rire, ou bien pour m'obliger?
,, I'ay touſiours peur quand on dit ma loüange:
Et bien à tard au cajol ie me range.

Mais c'eſt à toy, ſi prodigue à loüer,
Que nous deuons tous ces honneurs voüer:
C'eſt toy qui fais qu'on vante l'Arcadie,
Et qu'en maint lieu ſes loüanges on die:
Car tes beaux chants qui pourroient animer
Ces durs rochers, par tout font renommer
Les Paſtoureaux qui frequentent les riues
Où de Ladon coullent les ondes viues:
Et le doux ſon de ton flageol aymé,
Fait que Menalle au monde eſt renommé.

Comme vn Orphee apres toy vont les arbres,
Comme Amphion tu donnes vie aux marbres,
Et ces grands monts, ces vallons & leurs eaux,
Sont glorieux d'heberger tes Aigneaux:
Bien que ce ſiecle, ingrat s'il en peut eſtre,
Iuſqu'auiourd'huy ne l'ait peu reconnoiſtre.

Doralis.

O! que ma voix égalaſt les honneurs

C

Où sont montez ces deux braues sonneurs!
Non pour dompter les feres inhumaines,
Non pour bastir les murailles Thebaines,
Mais pour contraindre vn courage endurcy
A m'exaucer, & me prendre a mercy.

Lycoris.

Est-il au monde vne ame si sauuage,
Qui mesprisast l'offre de ton seruage?
Et pouuant bien vn remede apporter
A tes douleurs, te voulust rejetter.

   Si tu voulois, tandis que le chaud dure
Nous raconter vn peu ton aduenture,
Ma sœur & moy tiendrions à grand plaisir
D'apprendre, où tend le vol de ton desir:
Et tascherions de consoler ta peine,
Et de fleschir ta Bergere inhumaine:
Car dés le temps que ta ieune valeur
Me dégagea d'vn estrange malheur,
Lors qu'vn Siluain m'auoit presque rauie,
De te seruir i'ay tousiours eu l'enuie:
Et si bien tost le trespas ie ne voy,
I'en mourray quitte, & t'en donne ma foy.

Philiris.

Et depuis l'heure où tu prins tant de peine
Pour adoucir la fureur, & la haine,
Qui mon Damon brusloit, pour me punir,
I'en ay tousiours gardé le souuenir.

Parquoy Berger n'espargne mon seruice
Pour retirer ton ame de supplice.

Doralis.

Que puissiez-vous en mes maux m'assister,
Comme ie veux l'histoire en reciter!
Mais iurez donc par serments veritables,
De ne vous feindre à m'estre secourables.

Lycoris.

Ie te le iure: & Pan qui prend le soin
De nos trouppeaux, en puisse estre tesmoin!

Philiris.

Ie le proteste au triple nom de celle
Qui vit aux bois & demeure pucelle.

Doralis.

Escoutez dōc Lycoris. Poursuy nous t'entendon.

Doralis.

Quand ie passay le fleuue de Ladon,
Pour contenter mon desir, & l'enuie,
I'auois compté trois lustres de ma vie;
Exempt d'amour; ce superbe vainqueur
Regnoit par tout s sinon dedans mon cœur.
Non que mes yeux ne vissent à toute heure
Mille beautez qui font icy demeure;
Mais mon ieune age, autre part arresté,
Adoroit trop le nom de liberté.
Mon soin estoit sur vne onde argentine
Tendre au poisson l'ameçon, & la ligne,

Cercher les nids des ſimples oyſelets,
Durant l'hyuer les prendre en des filets,
Les enfermer priſonniers dans des cages,
Et leur monſtrer des chants & des ramages,
Qu'ls n'auoyent pas de leurs peres apris.

Fol qui prenois, helas! Ie me vy pris
D'vne beauté qui n'a point de ſeconde
Qui ſert de iour, & de lumiere au monde!

Il vous ſouuient de l'horrible courroux,
Dont le Dieu Pan s'anima contre nous,
Pour n'auoir pas immollé de victime
Comme on ſoulioit, pour expier le crime
De deux Paſteurs, qui par des coups mortels
Auoyent versé leur ſang prés ſes autels:

Chacun alloit au lieu du ſacrifice,
Pour le prier d'appaiſer ſa iuſtice,
Qui pour punir nos vices ià comblez,
Auoit perdu nos vignes, & nos blez.

Ie fuz du nombre, & portay pour-offrande,
Deux gras moutons, les meilleurs de ma bande;
,, Car i'ay touſiours honoré les grands Dieux,
,, Moderateurs de la terre, & des Cieux.

Dans le lieu ſaint où la tourbe eſpleuree
Frappoit de vœux la courtine etheree,
Rempliſſant l'air de plaintes & de cris,
Ie vous auiſe, ô belle Lycoris,
Vos beaux Soleils, vos belles treſſes blondes,

Qui rauiroyent les cœurs de mille mondes,
Prindrent le mien: & dés lors oubliant
Mes biens perdu, Pan i'allois suppliant,
Qu'il me voulust, comme Dieu pitoyable,
Tirer encor dix bœufs de mon étable,
Pourueu qu'en fin mon triste cœur perdu
Pres ses autels, me peust estre rendu.

Incontinent vous sortistes du Temple:
Moy de moy-mesme, & chetif ie contemple.
Pour m'y bruler la flamme de vos yeux,
Aigle nouueau ie vollay dans les Cieux
De vos beautez, & l'amoureuse fléche
Dedans mon sein croissoit tousiours la bréche.

Depuis ce iour en mourant i'ay vescu,
Dissimulant que vous m'eussiez vaincu:
Auec dessein que ma triste aduenture
Monstrast plustost ma mort que ma blesseure,
Iusqu'à present, où voulant découurir
L'occasion qui m'oblige à mourir,
Vos volontez ont forcé mon martyre,
Et mon desir, afin de vous le dire:
Ce que iamais ie n'eusses entrepris
Apprehendant la haine, ou le mespris.

Que si i'ay fait en cela preiudice
Au grand respect, que vous doit mon seruice,
Pardonnez moy: l'excez de mon tourment
M'ostant le cœur, m'oste le iugement.

C iij

L'Amour aueugle, aueugle aussi mon ame,
Et consommé d'vne immortelle flamme,
Ie ne puis plus arrester mes clameurs,
Ny m'empescher de dire, que ie meurs.

Prononcez donc, ô Beauté sans égalle
De mes Amours la sentence fatalle:
Vostre refus sans vn plus grand effort,
Peut m'enuoyer promptement a la mort.

,, Comme vn captif entendant la serrure
,, Où pour son crime il est mis en closture,
,, Tremble d'horreur qu'on le vienne querir,
,, En la prison, pour le faire mourir.

Ainsi ie sens ma pauure ame rauie
Entre le doutte, ou de mort ou de vie,
Et ne sçachant lequel doit m'arriuer
Ie suis bruslé de flamme en plain hyuer.

Mais si iugeant, ô gentille Bergere,
Ce grand serment que vous venez de faire,
Vous trouuiez bon d'auoir de moy pitié,
Et d'accepter ma constante amitié,
Sans prendre garde a cela que vous estes,
Vous me mettriez au nombre des celestes,
Et desormais ne voudrois animer
Mon triste cœur sinon pour vous aimer:
Rien que de vous ie n'aurois plus memoire,
Et Lycoris seroit ma seulle gloire:
Prononcez donc, ô diuine beauté,

ou mon bon heur, ou ma calamité.

Lycoris.

Méchant Berger, es-tu ſi temeraire
Que d'affronter vne ſimple Bergere,
Qui ne peut mais de ton aueuglement?
Et de ce feu qui te donne tourment.
   Retire toy: n'eſtoit la ſouuenance
D'auoir receu par ta main deliurance,
D'vn fier ſauuage, il faudroit de ce pas
Qu'vn de nous deux enduraſt le treſpas.
Ie te ferois porter la penitence
De ce ſerment, dont tu fais tant d'inſtance.

Doralis.

Dure beauté, moderez ce courroux :
„ La felonnie eſt le propre des Loups:
Ne monſtrez pas que Nature partage
Vn ſi beau corps d'vne ame ſi ſauuage,
Donnez la main à ce pauure Berger,
Qui ſans voſtre aide au tombeau va loger.

Lycoris.

Meurs ſi tu veux, moy-meſme t'en conuie.

Doralis.

Et pour vous ſeulle, belas! i'ayme la vie.

Lycoris.

Va d'autre part ton amour conſigner.

Doralis.

Ie ne ſçaurois à d'autre le donner.

Lycoris.

Cesse à m'aymer sans plus fort me desplaire.

Doralis.

Quand ie pourrois, ie ne le voudrois faire.

Lycoris.

Mais qui te force à me venir aymer?

Doralis.

Amour, qui peut les Dieux mesme allumer.

Lycoris.

Ie ne sçaurois te donner allegeance.

Doralis.

Si vous vouliez, vous en auriez puissance.

Lycoris.

I'ay fait vn vœu de ma virginité.

Doralis.

Le second rend le premier irrité.

Lycoris.

Penserois-tu que de toy i'eusse cure?

Doralis.

Vous le deuez, ou demeurer pariure.

Lycoris.

,, Le Ciel se rid des serments amoureux.

Doralis.

,, Et toutesfois il prend vengeance d'eux.

Lycoris.

,, D'vn fol serment on peut auoir dispense.

Doralis.

Le vostre est Sainct, & fait par cognoissance.

Lycoris.

C'est moy qui dois la valeur en juger.

Doralis.

A l'accomplir on vous doit obliger.

Lycoris.

Quoy! que l'on force vne Amour pure & saincte?

Doralis.

,, Ouy, si la foy precede la contraincte.

Lycoris.

Pour tout cela penses-tu m'esbranler?
Plustost vn iour on verra s'envoller
Ces grands rochers élongnez de la terre,
Plustost les Loups viuront en Angleterre,
Et l'Affricain verra seruir vn iour
L'isle de Malthe aux serpens de seiour;
Plustost le verre aux chiens ne fera honte,
Que de tes vœux ie puisse faire compte.

Doralis.

Plustost à mont retournera Ladon:
Et la nature errant à l'abandon,
Et transgressant ses bornes, & ses reigles,
Fera sortir les colombes des Aigles:
Plustost le fer ayant baisé l'Eymant
Deuers le Nort n'aura plus mouuement,
Et les françois boiront les eaux du Gange,
Que ce refuz le courage me change.

Lycoris.

D'vn tel deſſain tu ne peux voir ſortir,
Que l'aigre fruict d'vn triſte repentir.

Doralis.

,, L'eau molle en fin caue la roche dure.

Lycoris.

N'eſpere pas vne telle aduenture
Ny par tes pleurs quelque iour m'acquerir:
I'aymerois mieux dix mille fois mourir.

Doralis.

Dure Bergere! à ma pleinte inſenſible!
A qui l'amour ſemble choſe impoſſible.
Quel bien ſera-ce, & quel contentement,
Quand vous m'aurez conduit au monument.
Et quel plaiſir aurez-vous à pourſuiure
Vne Diane en ſa façon de viure?
,,   L'Amour tout ſeul adouciſſant nos maux
,, Nous fait trouuer repos en nos trauaux :
,, Sans ſes doux traicts à l'aymable pointure
,, Aucun plaiſir ne donne la Nature.
,, Et ces cheueux, ſes beaux yeux, & ce front
,, Sans ſon pouuoir de rien ne ſeruiront,
,, Non plus que font les perles deſſous l'onde
,, Que la mer cache aux yeux de tout le monde.
,, La plus parfaite apres qu'elle a compté
,, Trois fois dix ans eſt preſque ſans beauté
,, La fleur qui rend ſa léure coraline

,, Seiche bien toſt & laiſſe ſon épine
,, Dedans ſon cœur, qui de ſes clous ſegrets
,, La va perçant auec mille regrets.

Lycoris.

De ces diſcours l'inutile apparence
Eſt bonne à ceux qui manquent de prudence,
Mais mon eſprit s'en eſmeut tout autant
Qu'vn roc des flots qui ſon dos vont battant:
Des immortels la foy m'eſt par trop chere
Pour leur manquer d'vn vœu que i'ay peu faire,
Pren donc bien garde à ne me parler pas
De ce qui m'eſt plus dur que le treſpas.

Doralis.

A des douleurs d'extreme violence
On peut à peine impoſer le ſilence
Et les Tirans ſont contrains d'eſcouter
Ceux que leur rage aux flammes fait ietter.

Lycoris.

Quittons le donc: car il m'eſt impoſſible
De plus l'entendre & de reſter paiſible,
I'affolerois de rage & de courroux
Si plus long temps il eſtoit auec nous.
   A la malheure icy ie ſuis venuë
Tu maudiras le iour que tu m'as veuë.

Doralis.

Ie le deurois & ie n'aurois pas tort:
Mais las! amour en mon cœur eſt trop fort:

Ie connoy bien d'où ma douleur procede
Et ne sçaurois en prendre le remede:
Ie voy le mal qui me fait lamenter
Et ie le cherche au lieu de l'éuiter.

　　Mais si faut-il trouuer pour vous complaire
En vous fuyant, la tombe mortuaire,
Car tout espoir abandonnant mes iours
Que seruiroit d'en prolonger le cours?

SCENE SECONDE
DV PREMIER ACTE.

Lycoris.　Philiris.

Lycoris.

oyez vn peu quelle ruse inutile
il a trouué pour tromper vne fille?
　　Ma chere sœur que les hommes
　　　meschants
Ont d'artifice, & mesme dans ces champs!
　　Mais c'est tout vn: qu'il n'espargne ses feintes:
Ie suis vn Roc qui suis sourde à ses plaintes
Et les tourments dont il dit estre époint
Indifferents ne me regardent point.

Est-il

Est-il au monde vne loy tant inique
Qui condamnast vne fille pudicque
D'aymer vn homme, außi tost qu'il feindroit
Vne recherche, ou qu'aymer il voudroit?
Ce point iroit a trop de consequence:
Car pour vn seul ayant de la constance
Mille trompeurs se trouuent chacun iour
Qui dans la bouche ont seulement l'amour,
Comme peut-estre, est celuy-cy qui pense
Par ses discours m'induire à faire offence.

Philiris.

Chaste Bergere, honneur de ces forets
Certainement i'ay pitié des regrets
De ce Pasteur: las! il est tant aymable,
Il est si beau, son port tant agreable!
Où pourrois-tu pour ton ieune plaisir
Vn autre Amant plus parfait te choisir?
On ne vid pas tant de graces reluire
Deßus le fils & le frere de Myrrhe:
Et ne croy pas que iamais le flambeau
Lequel void tout, ait rien veu de si beau.

Lycoris.

Il t'a prié d'estre son aduocate,
Ie le voy bien, ta parole le flate.

Philiris.

Ie ne dy rien qui ne te soit conneu,
Voyois tu point comme il s'est retenu

De modestie, en faisant sa priere:
Et nonobstant qu'il t'esprouuast si fiere,
D'aucun dedain il ne s'est allumé:
Vn tel Amant merite d'estre aymé.

Lycoris.

Ie l'aymeray quand la rose pourprine
Naistra du Chesne, & le gland de l'Epine.

Philiris.

Mais qui pourra ta creance asseurer
Du grand serment que tu viens de iurer?
,, De celuy-là qui rompt sa foy donnee,
,, A tout malheur la vie est condamnee.

Lycoris.

,, Premettre mal n'oblige a l'obseruer.

Philiris.

Si fait, qui veut de blame se lauer.

Lycoris.

,, Mais pour vn mal deux il faudroit comettre.

Philiris.

,, Faut y songer auant que de promettre.

Lycoris.

Et l'accomplir bien que ce fust vn tort.

Philiris.

,, Pour n'y manquer il faut souffrir la mort.

Lycoris.

,, Ie mourray donc: la mort inexorable
,, En mon endroit se rendra fauorable:

„ *Et me vaut mieux ſouffrir ſa cruauté,*
„ *Qu'on me reproche vne deſloyauté:*
„ *Ayant paſſé les riues de Cocythe*
„ *De ma promeſſe alors ie ſeray quitte:*
„ *Et Doralis de me pourſuiure exclus:*
„ *Car aux enfers ie croy qu'on n'ayme plus.*

Philiris.

Las! qu'as-tu dit malheureuſe Bergere!
Tu veux mourir peut-eſtre menſongere
Tu veux mourir pour te des-obliger
De n'aymer point vn fidelle Berger?

   Ruſe inutile! à chacun remarquable!
„ *Quand tu ſerois ſous la nuict effroyable*
„ *Où Rhadamant par des iuſtes tourments*
„ *Fait chaſtier les pariures Amants,*
„ *Penſerois-tu que la droicte Iuſtice*
„ *Qui punit tout, peuſt ignorer ton vice?*

Ce grand Berger qui chantoit autresfois
Si doucement ſous l'ombre de ces bois
Dit, qu'en ces lieux la fumee & les flammes
Sont le ſupplice aux infideles dames.
„ *En ceſt eſtat on te reduit ton ſort,*
„ *Tu dois beaucoup apprehender la mort*
„ *Car ſi tu vas aux Enfers criminelle*
„ *Croy que ta peine y doit eſtre eternelle.*

   Vn ſeul moyen te pourra garantir
De ceſt abiſme où tu veux t'engloutir,

Ton Doralis, car tien ie le puis dire,
Qui pour ta foy te donne ce martyre,
Ne peut-il pas te quitter librement,
Et d'vn seul mot te rendre ton serment?
      Ie sçay combien ta requeste insensee
De durs remords troublera sa pensee,
Mais son amour qui l'allume si fort,
I referera ta priere à sa mort.
                    Lycoris.
Dur antidote au mal qui me possede!
I'ayme bien mieux la mort, que le remede:
Il vaut bien mieux au trespas m'obliger
Que d'implorer vn perfide Berger.
                    Philiris.
L'Ours est cruel, le Tygre, & le Panthere,
L'Aigneau paisible est leur mets ordinaire:
,, Mais quand vit-on les Ours & Lyonceaux
,, Aller hachant leur sexe par morceaux?
,, Chacune espece espargne son semblable:
Et toy tu veux plus qu'eux impitoyable,
Par ta fierté te faisant renommer,
Faire mourir celuy qui veut t'aymer:
Change d'aduis, aussi bien la nature
N'a fait ton cœur de quelque roche dure.
                    Lycoris.
Que ton discours me desplaist maintenant!
Si tu ne veux m'aller entretenant.

D'autre ſubjet qui me puiſſe mieux plaire,
Tu feras bien quand tu te voudras taire.

Philiris.

Ie me tairay quand il en ſera temps.
,,   Tu veux paſſer ſans amour ton Printemps,
,, Puis quand les ans ta face auront ridee,
,, Sans paſſion de chacun regardee,
,, Tu pleureras, quand il t'en ſouuiendra,
,, Le temps paſſé, qui plus ne reuiendra.

Lycoris.

Tu me le dis : mais c'eſt l'ardeur trop forte
De ton Damon, qui t'aueugle & tranſporte :
Ie t'en excuſe, & ne veux pas blamer
Les amoureux, mais ie ne veux aymer.

Philiris.

Ie ne ſuis pas pour t'induire au contraire,
Ny te forcer a choſe volontaire.
    Demeure ainſi iuſqu'à tant qu'vn Amant
Vange les maux, dont tu vas conſommant
Ton Doralis, & te monſtre la peine
Qui vient d'aymer ceux qui nous portent haine.

D iij

SCENE TROISIESME
DV PREMIER ACTE.

Lycoris. Myrthine. Hylas.

Lycoris.

oicy venir Hylas le beau Berger,
Qui ſeul pourroit mon courage obliger,
Chere Myrthine, il faut tacher d'ap-
　　prendre
Quel ſujet l'a dans noſtre Iſle fait rendre.

Myrthine.

Pour moy ie croy que le bruit glorieux
De tes beautez, qui vole en mille lieux,
Et qui vaincroit l'ame la plus ſauuage,
A fait ſurgir ſa nef en ce riuage.

Lycoris.

Tu veux gauſſer Myrthine, tu ſçais bien
Tous mes deffauts, & que mes yeux n'ont rien
Qui puiſſe induire vn Amant à me prendre,
Et dont chacun ne ſe puiſſe deffendre.
Mais il me faut librement confeſſer,
Que ſi i'auois vn traict qui peuſt bleſſer,

De ce Paſteur l'humeur tant agreable,
Il n'auroit pas le tiltre d'indomtable:
Mais il me faut vn peu diſſimuler,
Me monſtrant froide, afin de le bruſler.

  Parlons tout bas, car voicy qu'il approche
Triſte & penſif. Mirthine. c'eſt l'amour qui
Deſſus ſon cœur ſes fleches par tes yeux. (decoche.
                Lycoris.
Bon iour Hylas le fauory des Cieux.
                Hilas.
Non: mais pluſtoſt l'exemple de diſgrace.
                Lycoris.
Que nous dis-tu? tu rends nos cœurs de glace:
As tu receu quelque mauuais rapport.
De ton pays, qui t'afflige ſi fort?
                Hilas.
De mon pays la memoire eſt perduë,
Depuis qu'icy ma fortune eſt renduë.
                Lycoris.
Nous voudrions bien te le faire oublier,
Et dans ceſtuy pour iamais te lier.

  Mais conte nous, ſi toutesfois l'hiſtoire
Ne t'importune, ou trouble ta memoire,
Ou bleſſe encor ton eſprit affligé,
A quel ſuiet noſtre heur eſt obligé,
D'auoir pluſtoſt adreſſé ton voyage
Dedans nos champs, qu'en vn autre riuage.

Myrthine.

Tres-volontiers nous orrions le discours
De ta fortune, & du but où tu cours.

Hilas.

O Lycoris, honneur de ce grand monde,
Qui n'eustes onc premiere, ny seconde,
Dont les vertus n'auront point de cercueil
Que les grands bords ou marche le Soleil.
Digne chef d'œuure entre les creatures!
,, Necessité, dont les loix sont si dures,
M'a fait quitter Cypre, dont les beaux champs
Sont saccagez par les Mores meschans :
Prez Salamine, en vn petit village,
Borné d'vn mont, i'auois passé mon aage,
En grand repos, iusqu'a tant que de Mars
L'horrible gent, nous en rendit espars.

Peu s'en fallut que ma dolente vie
N'y demeurast, par leurs armes rauie,
Sans vn bouuier desia vieil, & grison,
Lequel voyant le feu dans sa maison,
Vint me trouuer, & me force en mesme heure
D'abandonner ma natalle demeure,
Que la pitié de nos champs s'exiloit,
Et qu'autre-part chercher il la falloit :
Il me contraint, bien qu'a regret extréme,
D'aller quittant nos biens, voire nous mesme.
Nous cheminons tant que dura la nuict

Et ſur le poinct que l'Aurore conduit
Comme vn troupeau deuant ſoy les Eſtoiles,
Nous nous trouuons pres la mer porte-voiles,
Dont le flot pers par les vents s'animant,
Venoit ſe rompre au riuage écumant.

Contre les bords ſe preſente vne barque:
Lors redouttant moins l'onde, que la parque,
Qui nous ſuiuoit, reſtans en nos Hameaux,
Nous nous iettons à l'abandon des eaux.
Entre le doute ou de mort, ou de vie.

Durant ce iour Thetis toute adoucie
Nous branlotoit paiſible entre ſes bras,
Mais ſur le ſoir l'image du treſpas
Deuant nos yeux horrible ſe preſente:
De bas en haut Neptune ſe tourmente.
Preſſé des vents, ſes flots iniurieux
Vont s'eſleuant iuſqu'à l'azur des Cieux,
Puis tout à coup découurant leurs areines
Laiſſoyent à ſec les enormes Baleines.

Chacun attaint de preſentes douleurs,
N'a plus recours qu'aux ſoupirs, & qu'aux
Chacun de vœux le clair Olympe frape, (pleurs,
Afin que vif du peril il échape.

Dieu nous oüit & nous ſauua de mort,
Mais noſtre nef heurtant contre le bord,
Par vn malheur contre vn grand roc ſe briſe,
Donnant aux eaux ſi peu de marchandiſe,

Et de moutons, dont nous fraudions la main
Et la fureur du gendarme inhumain.
Et le courroux du vent, & de l'orage,
Nous exposa tous nuds sur le riuage,
Et bien que grand fut nostre deconfort,
Nous nous tenions redeuables au sort,
Qui faisant force à sa mortelle enuie,
Pour ceste fois espargnoit nostre vie.

Pauure abusé! ie deuois lors finir,
Sans me garder aux malheurs aduenir:
Mais le destin qui mes iours importune,
Me reseruoit pour vne autre fortune.

Or m'elongnant des riues de la Mer,
Où nostre nef venoit de s'abismer,
Ie regardois si ie verrois la trace
De quelque humain, qui me fist ceste grace
De m'enseigner en quels lieux écarteZ
M'auoyent ietté les grands flots irriteZ.

Lors ie rencontre vne ieune Bergere,
Qui me radresse, à mes maux debonnaire,
Et qui me dit, qu'icy Pan autresfois
Auoit gardé les troupeaux dans ces bois:
Et qu'il auoit en faueur d'vne fille,
Apris la fluste aux Pastoureaux de l'Isle:
Que tout le peuple heureux s'y maintenoit,
Content des fruicts que la terre y donnoit;
Aux estrangers ayant l'humeur courtoise,

Aymant la paix & fuyant toute noise.

    Puis regardant mes habits dégoutter
De l'eau sallee, & n'osant m'inuiter
D'entrer chez elle, elle enuoya son pere
Me conuier d'aller en son repaire,
,, Croyant qu'il fust plus seant qu'vn Berger
,, Inuitast l'autre à venir s'heberger
,, Que non pas elle, à qui l'honneste honte
,, Sembloit, deffendre vne chose si prompte.

    I'entray chez luy : car desia dans les Cieux
La nuict semoit les astres radieux,
Et le Bouuier detachoit la charuë
De sur le col de son Toreau qui suë.

    Et là i'apris où i'irois acheter
De si peu d'or qui me pouuoit rester
Quelque brebis, afin que sans enuie
Dans ces deserts ie passasse ma vie.

    Ce que i'ay fait m'arrestant pres de vous,
Où i'ay trouué le peuple, & l'air si doux,
Et tant d'accueil, & saincte Bien-veillance,
Que ie n'ay plus de Cypre souuenance :
Vostre presence, ô belle Lycoris,
Me fait benir le iour que ie peris.

    Pour cela seul ie rends grace à fortune
Et ne veux pas reprocher à Neptune
D'auoir rompu ma nef contre ses bords :
Tant de faueurs meritent mille morts.

La Princesse,

Lycoris.

Bien que ceste Isle vn beau sejour te semble
Depuis le temps que nous viuons ensemble,
Ie ne voy point que ton cœur oppressé
Ait oublié son dommage passé:
Ny qu'vn oubly de tes pertes l'assiste,
Car ie te voy tousiours d'vne humeur triste.

Mirthine.

Tant de soupirs, qu'il verse a tous propos,
Tesmoignent bien qu'il n'est pas en repos.

Hilas.

Las il est vray: mon ame est affligee!
Depuis vn temps mon humeur est changee!

Lycoris.

Lors que tu vins premierement icy,
On t'eust iugé sans peine, & sans soucy,
Tu composois mille ieux pour nous plaire,
Et maintenant tu vis tout au contraire:
Ie te supplie, au moins nous obliger
De nous conter ce qui t'a fait changer.

Mirthine.

Tu ne dois point celer à deux Bergeres
Tes passions, ou grandes, ou legeres,
Nous t'honorons, & voudrions de bon cœur
Te décharger de ta dure langueur:
Conte nous donc ton angoisse inhumaine:
,, Le recit mesme adoucira ta peine.

Hilas.

Hylas.

L'hiſtoire eſt longue, & ne la veux cacher:
Ie tiens l'honneur de vos graces trop cher,
Pour vous tenir ma douleur inconnuë,
Vous le ſçaurez à la premiere veuë.

SCENE QVATRIESME
DV PREMIER ACTE.

Lycoris, ſeule.

Vel changement ie trouue en mes eſprits!
Le meſme ennuy dont Hilas eſt épris
Bleſſe mon cœur, meſme tourment m'afflige,
Et ſa douleur à me douloir m'oblige:
Et comme eſtant ſa ſeconde moitié,
Ie plains ſon mal, ſenſible à la pitié.

C'eſtoit l'humeur la plus douce, & plaiſante,
Qui fuſt au monde, & n'eſt ame viuante
Qui ſe fuſt pu laſſer de le hanter,
L'entretenir, le voir, & l'écouter.

Il a le port & la façon royalle,
Qui ne ſent point ſa caſe paſtoralle,
Et ſon diſcours, bien qu'il ſoit eſtranger,
Va dementant qu'il ait eſté Berger:

Et ses vertus monstrent, par leur beau lustre,
Qu'il est issu de quelque sang illustre,
Et que fortune, & le destin méchant,
Va sa grandeur en ses deserts cachant.

Certainement si iamais mon courage
Vouloit fléchir aux loix de mariage,
Et si mon cœur, du traict d'amour touché,
Pouuoit vn iour consentir à peché,
Ie le confesse, Amour n'a point de fléche
Hors de ses yeux, qui me pust faire bréche.

Mais las! auant que ie rompe les vœux
Faits à Diane, ô grand flambeau des Cieux,
Qu'en ses Enfers la terre m'engloutisse,
Ou que du Ciel le foudre me punisse!

Ceste pudeur, cét bonneur qui tousiours
Sert de lumiere, & de Phare a mes iours,
M'assistera, voire mesme apres l'heure
Que le destin ordonne que ie meure.

Mais ô doux feu d'amour, & de Cypris,
Qui ne bruslez que les gentils esprits,
Si d'vn Hilas vous échauffez la glace,
Et si vos traicts en son cœur ont prins place,
Faites au moins que ce soit de mes yeux
Qu'ait procedé cést acte glorieux!
Faites qu'Hilas pour moy seule soupire,
Et qu'Eternel sur luy soit mon Empire!

Chœur des Pasteurs.

,, Qvel libre esprit fuira la seruitude
,,   Contre amour se parant?
,, Puis que les bois, l'horreur, la solitude
,, Ne seruent de garant?

,,   Dans les glaçons il allume la flame
,, Dans la haine l'amour,
,, Et vn beau corps qui deust seruir à l'ame
,, Luy commande à son tour.

,,   D'vn petit Dieu la puissance est bien grande
,, Foulant tout sous ses pas,
,, Depuis le Ciel son beau Sceptre commande
,, Iusqu'aux Enfers là bas.

,,   A son sçauoir se doiuent les grands tomes
,, Du grand liure des Cieux,
,, Ce fut sa main qui lia les Atomes
,, Qui branloyent en tous lieux.

,,   Thetis luy doit de ses poissons l'essence
,, Par ses flots espandus,
,, La terre aussi luy donne la naissance
,, De ses indiuidus,

,,   Tout ce qui naist par la commune trace
,, S'enfuit au dernier bord:
,, L'Amour tout seul perpetuë en leur race
,, Ceux qu'entraine la mort.

„ Sans ses beaux traicts dont sa main n'est
point chiche,
„ Aux Bouuiers, & aux Roys,
„ Tout l'Vniuers ne seroit rien qu'vn friche.
„ Sans hostes ny bourgeois.
„　C'est luy qui fait que la brebis laineuse
„ Du Belier ne s'enfuit,
„ Et qu'en ces bois la genisse amoureuse.
„ L'aymé Toreau poursuit.
„　Dans ces deserts les feres inhumaines
„ Exemptes de pitié,
„ Hors de leurs cœurs banissent toutes haines,
„ Pour loger l'amitié.
„　Des oyselets la brigade émaillee
„ Ce doux feu ressentant,
„ Deuant le iour bien long temps éueillee,
„ Le pleure en le chantant.
„　Ce chesne mesme, à qui la dure écorce
„ Ceint le corps alentour,
„ Bien qu'insensible, a ressenty sa force
„ Et soupire à son tour.
　Puis que tout ayme, aymons à la pareille
Durant nos plus beaux iours,
Nostre iour meurt & iamais ne réueille
Nos nuicts durent tousiours.

ACTE SECOND,
SCENE PREMIERE.

Myrthine.　Hilas.

Myrthine.

V'ay-ie gaigné d'Implorer le secours
Du fier Pasteur, qui veut mal à mes
　　iours?
J'aurois plustost osté l'Anthipathie
Et le discord de l'Aile & de l'Ortie,
J'aurois plustost, par le son du tambour
Aux Tigres fiers, mis la paix & l'amour:
Que de mollir son courage indomptable,
Plus ie le prie, & moins il est traictable.

A Lycoris son desir est porté,
Lycoris seule est sa felicité!
Bien qu'on m'ait dit, qu'auiourd'huy ceste fiere,
Iettant bien loin son seruice en arriere,
L'a tellement d'vn reffus atterré,
Qu'il est party comme desesperé.
　Soit qu'elle ait fait afin de me complaire,
Ou soit qu'elle ait l'humeur si fort altiere,

E iij

Ma paſsion & mon mal, tout compris,
Eſt redeuable à ſon iuſte meſpris.
Et ſi ie puis luy rendre la pareille,
De ſon Hilas ie flatteray l'oreille,
Et feray tant qu'vn reciproque amour
Leurs volontez vnira quelque iour!

Lycoris vient partir de ceſte place,
Qui ne dit rien de toute leur diſgrace:
Dont ie m'eſtonne, elle m'eúſt fait plaiſir
De me conter le but de ſon deſir,
Car ſi bien toſt quelqu'vn ne reconforte
Mes longs ennuis, mon eſperance eſt morte.

Mais c'eſt tout vn, quoy qu'il doiue arriuer,
Pluſtoſt les fleurs naiſtront en plain Hyuer,
Que Doralis, encor qu'il me dédagne
Ne ſoit toũſiours l'objet qui m'accompagne.

Mais qu'oy-ie plaindre en l'ombre de ce bois.
Las c'eſt Hilas: oyons vn peu ſa voix.

Hilas!

Las! ie me plains, i'en ay ſujet bien ample!
De tous malheurs mon malheur eſt l'exemple:
C'eſt bien perdu, quand pour ſe contenter
L'ennemy fier ne peut plus rien oſter!
Dans mon pays i'ay coûru ce naufrage:
I'ay perdu Sceptre, honneur, biens, heritages,
Vne autre Phedre, encore qu'à grand tort,
Pour vn feu ſale, a minuté ma mort.

Bien que ie sois innocent de ce crime,
Pourtant ma fuite, vne tache m'imprime,
Et m'eust esté plus loisible, & meilleur,
De terminer ma vie, & mon malheur,
Sans m'en venir porter vne houllette,
Dans les deserts d'vne petite Islette,
Et m'abaisser à telle indignité,
Que ie n'ay plus ny rang, ny qualité.
　On dit qu'au temps que nos premiers Ancestres
Se nourrissoyent de gland, dessous ces Hestres,
Que tout le monde, & mesme les grands Roys,
Alloyent gardant les troupeaux dans les Bois.
S'il est ainsi, ma fortune espleuree,
Rameine encor ceste saison dorée;
Et quand pour moy i'estime qu'vn Berger
Est plus heureux qu'vn Roy, dans le danger.
　　Ce qui m'afflige en ma perte arriuee,
Est que l'amour mon ame a captiuee:
Vne Bergere, honneur de ces bas lieux,
Ma liberté tient esclaue en ses yeux!
Vne Bergere, a fait dedans ces Landes,
Ce que n'ont pu des Princesses bien grandes,
Aussi faut-il aduoüer que son œil
Est vn Chef-d'œuure, & n'a point son pareil!
　　O fier destin qui gourmandes ma vie,
N'estoit-ce assez que de m'auoir rauie
L'Isle de Cypre, & m'auoir confiné

En champs lointains d'espoir abandonné,
Sans me rauir ma liberté plus chere,
Seule restée apres tant de misere?
    O pauure Hylas que tes funestes iours
Ont de malheurs, au milieu de leurs cours!
    O desolé, pourquoy dessus les ondes
Ne fus-ie proye aux troupes vagabondes
Qui chez Neree ont humide seiour,
Sans me garder aux flambeaux de l'Amour?
    Pourquoy mon corps ne cachas tu l'épee
D'vn assassin, en tes veines trempee?
Sans reseruer tes iours mal-encontreux
A des Tyrans qui partagent entr'eux
Vn pauure cœur, & bien tost pourront rendre
D'vn corps de chair, vn corps qui sera cendre!
Las! ie n'ay peu! les Cieux quand ie fus né
Auoyent ensemble autrement ordonné!
Leurs dures loix se grauent dans du cuiure,
Que malgré luy, l'homme est forcé de suiure.
    O Lycoris honneur de ses deserts!
Pert de mon heur, Reine de mes pensers!
Beauté sans pair, d'Amour la seule gloire!
Clair monument le plus beau de memoire!
A qui fortune ingrate deust donner
Dans vn Empire vn Sceptre à gouuerner!
Viendra iamais ceste heureuse iournee!
Qu'ensemble ioincts sous les nœuds d'Hymenee,

Dans Salamine, Amathonthe, & Paphos,
Heureux Amants nous viuions en repos!
Quand le destin ennuyé de me nuire,
M'aura remis en mon natal Empire.

Myrthine.

Ie n'entends point ce discours tout nouueau,
I'ay peur qu'Amour n'altere son cerueau,
Ou qu'vne fiéure en ses veines éprise,
Gaste son ame, & sa raison maistrise.

Ie gaigne mieux de couper son discours,
Et de tacher à luy donner secours.

Or sus Hilas! c'est trop blamer fortune,
Aux braues cœurs sa roüe est importune,
Quand elle veut elle peut aux grands Roys
Faire porter la houlette en ces bois:
Et quand sa chance aueuglement l'ordonne,
Aux Pastoureaux donner vne Couronne.

Laissons-la donc marcher sans iugement,
Et mettons peine à guerir ton tourment,
Et ie voudrois estre aussi bien certaine,
De conuertir ta Bergere inhumaine,
Comme tu dois estre tout asseuré
Que de tes maux i'ay mille fois pleuré.

Hilas.

I'estime fort tes larmes espanduës,
Mais las! Myrthine elles sont bien perduës?
Puis que moy-mesme en ayant tant versé,

Ie n'en feray iamais recompensé!
Et que la mort Deesse aux noires tresses,
Terminera mes maux, & mes tristesses.

Myrthine.

Ton desespoir te vient hors de saison:
He! que sçais-tu si par iuste raison
Ta Lycoris connoissant tes seruices,
En des plaisirs changera tes supplices?
De te nourrir tousiours en ta douleur!
Ie croy qu'elle a le iugement meilleur.

Hylas.

Folle creance, ô Bergere agreable!
Elle est trop belle, & moy trop miserable!

Myrthine.

Belle, & cruelle est-elle voirement:
Mais que ne peut, ayant si constamment
Aymé ses yeux, vn Berger si fidelle?
I'espererois meilleure chose d'elle.

Hylas.

Ie le veux croire, afin de me flatter
En ses frayeurs qui viennent m'agitter,
Mais cependant, ô gentille Myrthine,
En attendant le sort quelle destine
A mes Amours: tiens cachez les secrets
Que dans ces bois t'ont aprins mes regrets.

Myrthine.

O cher Hylas, en chose d'importance
Ie sçay fort bien obseruer le silence.

SCENE SECONDE,
DV SECOND ACTE.

Satyre, seul.

I'Ay redouté, bien que ie sois sans peur,
Que Cupidon ce beau petit trompeur,
D'vn repentir iroit payant mes gages,
Et par ma foy i'en ay de grands presages.
  Hier ie tombay sur vn rude caillou:
Et ce iourd'huy i'auois la peau d'vn Lou,
Que l'on m'a prise où ie l'auois penduë
Dedans mon toict, si bien qu'elle est perduë.
  Pres de mon Antre est vn Chesne ébranché,
Du cours des ans, de vieillesse seché,
Là chacun iour vne triste corneille
D'vn son lugubre entretient mon oreille,
Et par sa voix semble prophetiser
Que Lycoris ne fait que m'abuser:
Que ie me pais d'esperances bien foles,
Si i'en attends iamais que des paroles.
  Dans ces Ormeaux, dont le chef orgueilleux
Semble vouloir escalader les Cieux,
I'auois trouué deux nids de Tourterelle,

Ie les voulois enseigner à la belle,
Et pour l'induire à m'aymer, & cherir,
Luy faire don des petits, pour nourrir,
,, Ou pour menger, car au Siecle où nous sommes,
,, Les presens ont grand pouvoir sur les hômes.
,,   Quant vn Berger seroit mal-aduisé,
,, Tout plein de lépre, & tout cicatrizé,
,, Quant il auroit plus de vices en nombre,
,, Que de rameaux me contient ce bois sombre,
,, Quant il seroit infet, bossu, tortu,
,, Quant il seroit sans honneur & vertu,
,, S'il a de l'or, & d'argent grande somme,
,, Ne craignez point, il est fort honneste homme.
,, Et ne doutez qu'vne femme auiourd'huy
,, N'en soit esprise, & ne coure apres luy.
,,   Or comme il n'est à present loix si claires
,, Où l'on ne glose, & face Commentaires,
Ma Lycoris a ceste exception,
Mes dons luy sont en execration,
Les presentant soudain elle s'irrite,
Mais c'est ie croy, que l'offrande est petite.
   Or ces ormeaux, se trouuent ébranchez,
Et mes deux nids ont esté denichez,
Et ne suis plus en peine, à ma Bergere
En les offrant, de la mettre en colere.
   Ces accidents qui m'affligent bien fort,
De ma ceruelle ont broüillé le ressort,

                                        Car

Car ces marauts, qui ſe diſent Augures,
Et penſent voir dans les choſes futures,
Vont aſſeurant que ces éuenemens
D'vn grand malheur ſont les enſeignemens?
   De quel ennuy redoutay-ie l'atteinte?
,, Vn qui n'a rien, il doit viure ſans crainte
Ie ne puis pas courir d'autres perils,
Que de me voir perdre ma Lycoris:
Tout mon treſor en elle ſe r'aſſemble,
Pour autre choſe au monde ie ne tremble:
Et quand i'aurois tout autant de troupeaux
Que l'Arcadie en void ſur les coupeaux
Ou de Menalle, ou du mont de Lycee,
Et que des Loups la fureur inſenſee
En leur grand faim auroit tout deuoré,
On n'en verroit mon eſprit alteré,
Car ie pourrois quand l'aueugle Deéſſe
L'auroit voulu, trouuer d'autre richeſſe.
   Mais ſi i'auois perdu ceſte beauté,
A qui mon cœur a iuré loyauté,
Quand bien i'aurois cherché par tout le monde
Ie n'en aurois rencontré de ſeconde.
Et ie dépitte & nature, & les Cieux,
De faire rien pareil, ou qui ſoit mieux.
   De ſes cheueux la treſſe entrelaſſee,
Semble aux chardons quand leur fleur eſt paſſee:
Son front reſſemble au glaçon d'vn eſtang,

E

Dont le beau teint plus que la neige est blanc.

Ses yeux brilants de lumiere, & de gloire,
Sont comme vers, qui sous la robbe noire
De la nuict sombre éclairent aux buissons,
Et des forests sont les astres bessons.

Sa belle bouche, où naissent les paroles
Pour amollir le marbre, & les Idoles,
C'est vn iardin, où s'ouurent des œillets
Et des Rosiers les boutons vermeillets:
Et son beau sein, dont ie suis Idolatre,
En sa blancheur, feroit honte à l'Albastre.

Est-il au monde honneur qui soit pareil,
D'aller brulant aux rais d'vn tel Soleil.

Que si i'auois si bien sa grace aquise,
Que sa recherche à moy seul fust permise,
Que de bon-heur! ie voudrois dépiter
Phebus & Mars, Neptune, & Iupiter.

Mais c'est en vain que ce desir me tente,
,, Iamais d'vn seul la femme n'est contente.
,,　Côme vn qui suit vn Chéureul qui s'enfuit,
,, Quand il est pris vn autre encor poursuit,
,, Et puis vn autre, & tousiours luy commande
,, Desir de courre à nouuelle viande.
,, Telle est la femme, & quand ellè dira
,, Et par serments horribles iurera
,, Pour l'asseurer qu'elle est chaste, & fidelle,
,, C'est lors qu'il faut moins s'asseurer en elle.

Or pour cela ie n'en fay pas grand cas,
Qu'vn Doralis, qu'vn amoureux Hilas,
En soyent épris; ie ne trouble leur aise,
Pourueu qu'en fin à mon tour ie la baise.

Si nous auons de l'Amour entre nous,
Sans nous troubler de haine, ou de courroux,
Chacun de nous, sans gesner nostre vie
Peut doucement en passer son enuie.

Mais si pour n'estre aussi beau comme ils sont,
Si pour auoir la poictrine, & le front,
Couuerts de poil, signes d'vne grand' force,
Elle procure entre nous vn diuorce,
Ie sçauray bien par force l'arrester,
Et luy rauir ce qu'elle veut m'oster.

Encor ne suis-ie ainsi laid au visage.
Vn de ces iours que la Mer sans orage,
En son grand lict calme se reposoit,
Et que Boree endormy s'appaisoit,
Bridant des flots les courses vagabondes,
Tout à loisir ie me vy dans ses ondes:
I'y contemplay mon visage, & ma peau,
Et sans flatter ie m'y trouuay si beau,
Qu'on ne sçauroit, sans vn grand preiudice
De mon honneur, refuser mon seruice.

Aussi ie veux auant que hasarder
Mon haut dessein, son courage sonder:
Et si ie voy sa volonté contraire,

Ie sçauray bien alors que ie doy faire
Elle aura beau faire esclater sa voix
Ie seray sourd comme elle, aussi ma fois.

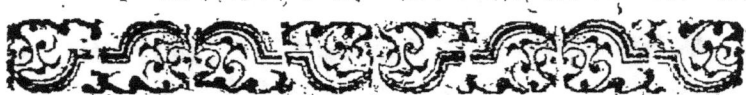

SCENE TROISIESME
DV SECOND ACTE.

Lycoris.   Hylas.

Lycoris.

Oicy venir l'honneur de ces montagnes,
Et le souhait des Nymphes mes compagnes,
Ie suis trompée ou l'Amour la dompté!
Il a l'esprit triste, & déconforté,
Sa belle bouche, autresfois si diserte,
N'est qu'aux souspirs, & complaintes ouuerte.
Il m'a promis de me dire auiourd'huy
De quel sujet procede son ennuy.

    Or sus Hylas, il faut tenir promesse,
Ie veux sçauoir d'où vient tant de tristesse,
Nous sommes seuls, tu me peux librement
Conter ta peine, & dire ton tourment.

Hylas.

Il ne faut pas, ô Bergere agreable,

Vous estonner du malheur qui m'accable,
„ Vn qui voyage en pays estranger,
„ Qui n'a de bien, ny maison pour loger,
„ Qui va manquant d'amis, de connoissance,
„ Ne peut auoir grande resioüissance.

Lycoris.

Est-ce de là que procedent tes pleurs?
S'il est ainsi, de toutes tes douleurs
Dedans nos mains nous tenons le remede:
Tant de troupeaux en ces champs ie possede,
Qu'ils pourront bien, sans rien m'incommoder,
Et me suffire, & fournir à t'aider.
„ N'espargne rien: les biens que Dieu nous donne
„ Sont pour aider à chacune personne.

Hylas.

Ce ne sont point, ô chaste Lycoris,
Ny mes troupeaux, ny mes biens déperis,
Qui ma constance & mon humeur alterent.
„ Les braues cœurs iamais ne desesperent
„ Pour aucun bien, que pour nous guerdonner,
„ Fortune puisse ou rauir ou donner.
Vn plus grand mal, vne plus grand disgrace
Que ces malheurs, de fort pres me menace.
    Mon peu de bien l'ennemy me le prit:
Ie perds le bien, & le corps, & l'esprit:
Perte agreable, helas! si i'osois dire
Ma passion, à l'autheur du martyre:

Mais pour n'oser ie veux quitter ce lieu,
Ie vous veux dire vn eternel adieu.

　A la malheure ay-ie abordé ces terres!
Que ne peris-ie au milieu de nos guerres!

Lycoris.

Quel déplaisir as-tu pu receuoir
Contre l'honneur, ou contre le deuoir,
Que l'on doit rendre au droict de l'heritage?
Pour t'obliger à hair ce riuage,
Ouure toy donc, dy le moy franchement?

Hylas.

Ie crains d'entrer en vn plus grand tourment,
En vous disant celuy là qui m'offense:
Il vaut donc mieux mourir en mon silence
Et le cacher au fond de mon penser,
Que de le dire, & de vous offenser.

Lycoris.

Quoy qu'il en soit ie veux ouir le conte
De tes douleurs, & deust-ce estre à ma honte!

Hylas.

Ie le veux donc, mais ô rare beauté,
Ne prenez garde à ma temerité.

　Amour qu'on dit le monarque du monde,
Qui sous ses loix regit la terre, & l'onde,
Sans prendre garde à la perfection
De vos beautez & de ma passion,
Gesnant mon cœur, est cause que mon ame

Bruſle en la glace, & gelle dans la flame.

Vos deux beaux yeux, mes Soleils enchanteurs,
Dignes pluſtoſt des Roys, que des Paſteurs,
Ont tellement ma volonté bleſſee,
Que ſans eſgard au vol de ma penſee,
I'ay mieux aymé me faire renommer
En mes malheurs, que ne vous point aymer.

Comme vn grand Cheſne expoſé ſur le feſte
Du mont Atlas, au gré de la tempeſte,
Apres auoir ſouffert long temps l'effort
Des ſoufflemens de l'Autan, & du Nort,
En fin contraint par leur rage peruerſe,
Cede à leur force, & tombe à la renuerſe.
Ainſi m'eſtant conſtamment deffendu
Contre l'effort du traict qui m'a perdu,
Ie n'ay gaigné ſinon qu'à reconnoiſtre
Que c'eſt en vain qu'on s'oppoſe à ſon maiſtre.

Voila ſans plus mon plus grand déplaiſir,
Et non les biens qu'on m'eſt venu ſaiſir:
Si vous m'aymiez, ô diuine Bergere,
Toute ma perte helas ! ſeroit legere!

Lycoris.

I'auois touſiours entendu renommer
L'Iſle de Cypre, en gens pour bien aymer:
Et que Paphos, & la belle Amathonte,
En produiſoyent à toute heure ſans conte
Mais d'auoir creu qu'vn de la nation,

S'en abſentant portaſt ſa paſſion,
Et nu de biens, euſt bien oſé pretendre
D'eſtre d'Alcine, & de Mepte le gendre:
C'eſt vn prodige où ma credulité
Et mon eſprit n'euſt point eſté porté.

　　Ioinct que depuis que le Sort, & l'orage
Briſa ta nef encontre ce riuage,
Tu peux iuger, m'ayant veuë a loiſir
A quel objet eſt porté mon deſir,
Et que rien tant n'afflige mon courage,
Qu'alors qu'on veut m'aſtraindre au mariage:
Et que pluſtoſt on pourroit m'obliger
A prendre vn iour vn tombeau, qu'vn Berger.

　　I'euſſe attendu toute autre recompenſe
D'auoir nourry chez moy ton indigence,
Te recueillant pauure eſtranger, & nu,
Deſſous mon toiſt de chacun inconneu,
Ne croyant pas ton humeur ſi ſauuage
De violer les ſaincts droicts d'hoſtellage,
Et de fouller aux pieds toute raiſon,
Faiſant iniure au chef d'vne maiſon.
,, On dit bien vray, ce ſiecle ingrat, & rude,
,, Paye vn grand bien de grande ingratitude
,, C'eſt pour m'apprendre a viure deſormais
,, Plus ſagement: mieux vaut tard que iamais.

　　　　　　　　　Hylas.
Ie ſçauois bien qu'adorant voſtre face,

Ie m'efforçois d'échauffer de la glace,
Ie sçauois bien que mes vœux s'adressoyent
A des Dieux sourds qui iamais n'exauçoient!
I'en fay l'essay, car ceste humeur austaire
Qui me mal-traitte, est contre l'ordinaire:
Vous n'eussiez pas en vostre esprit conceu,
De reprocher le bien que i'ay receu:
Mais c'est tout vn: auec vous ie confesse,
Ne meriter vne telle largesse.

    Mais puis que helas! ie ne fais qu'irriter
Vostre courage, il vaut mieux m'absenter
Loin de ces champs, en demeures lointaines,
Pour emporter mes malheurs, & mes peines,
Seuls compagnons de ce bannissement,
Qui m'ouurira bien tost le monument.

    Ie veux choisir l'Antre le plus sauuage,
Pour y passer le reste de mon âge,
En regrettant vos beaux yeux, mes soleils,
Qui n'eurent onc au monde leurs pareils,
Dont la clarté pour moy seul éclipsee
Esclairera les yeux de ma pensee:
Car bien qu'amour n'ait pu vous allumer,
Ie ne lairray pourtant de vous aymer
Toute ma vie, & malgré vostre haine,
Vous me serez ou ma ioye, ou ma peine.
Et iour & nuict i'auray pour mes regrets
Ces beaux cheueux, où l'amour tend ses rets,

Et ceſte bouche, où les plus fraiches roſes
Sont en Hyuer, comme au Printemps écloſes.

Inceſſamment deuant mon ſouuenir
Ie me verray ces graces reuenir;
Qui peurent bien, telle eſtoit leur puiſſance
Dans vos refus arreſter ma Conſtance.

Mais las Adieu! ie tarde trop long temps!
Veillent les Dieux bien-heurer vos beaux ans!
Touſiours fleuriſſe en vigueur, & lieſſe,
En ſon Auril voſtre belle ieuneſſe!
Et ſi les Dieux pour vanger mes douleurs,
Vouloyent vn iour vous obliger aux pleurs,
Puiſſe ma teſte eſtre ſeule en la terre
Où comme vn but s'adreſſe leur tonnerre!

Lycoris.

Adieu Paſteur! ſi ce lointain ſejour
Dedans mes yeux t'a fait trouuer l'amour,
Ie ne puis mais de ta perte aduenuë,
Ie ne pouuois me cacher à ta veuë.

Hylas.

Dure beauté vous me regretterez
Quand au tombeau mes membres vous verrez!
Vous pouuiez bien ſans vous faire vne injure,
Donner remede au tourment que i'endure,
Mais i'attribuë aux rigueurs de mon ſort
Ce dur refus & vous laue de tort.

Lycoris.

Dieu veille en toy monſtrer ſa prouidence!
Et t'apporter remede par l'abſcence!

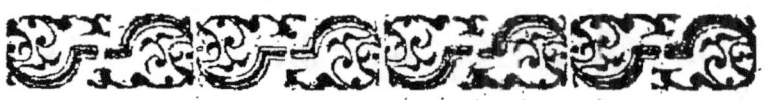

SCENE QVATRIESME,
DV SECOND ACTE.

Hylas.   Echo.

Pres auoir à mon dommage apris
Que l'on payeroit mes amours de mépris,
Ie m'en vay donc? vn exil neceſſaire
De mes trauaux eſt l'iniuſte ſalaire!
O champs heureux où i'ay ſi peu reſté
Et trop long temps! puis que ma liberté
De tous mes biens le reſte pitoyable
Y giſt perduë & me rend miſerable!
Terre agreable! où ſeroyent mieux venus!
Que dans Paphos, & l'Amour, & Venus!
Seiour plaiſant! demeure fortunee!
Non pour te voir des eaux enuironnee,
Non pour auoir ſur tes monts ſpacieux
Et dans tes bois le chœur des demidieux,
Non pour les bleds qui couronnent tes plaines,
Non pour tes fleurs, bocages, & fontaines,

Non pour tes prez émaillez, & fleuris,
Mais pour auoir la belle Lycoris
Qui luist au monde entre les Pastourelles,
Comme la Lune au milieu des Estoilles!
    O cher pays! que ne peuuent mes os
T'estre donnez par ma mort en depos!
Ma froide cendre, encore qu'insensible,
Y pourroit prendre vn somme plus paisible!
Ma Lycoris peut estre vn iour passant
Sur le cercueil mes membres enchassant,
Lisant dessus le fatal Epigramme,
Qui de rigueur accuseroit son ame,
Et se voyant la cause de ma mort,
Ne pourroit pas se commander si fort
Qu'vn prompt souspir ne sortist par contrainte
Hors de sa bouche, & peut estre vne plainte!
Et moüilleroit ses beaux yeux tant aymez
Pour appaiser mes Manes enfermez!
    Mais ô pensers fondez sans apparence!
O vains desirs, ô chetiue Esperance!
Mon noir destin est par trop coniuré
Pour m'accorder cest honneur desiré!
Et vif & mort ie seray miserable!
Et Lycoris tousiours impitoyable!
Aux champs d'Elize, apres ma mort la bas,
Son ombre mesme abhorrera mes pas.
    O Deitez de ces monts Tutelaires,

                                    Vous

Vous n'orrez plus mes plaintes ordinaires!
Mes tristes cris, parmy l'air espandus,
Ne seront plus dans vos bois entendus!
D'autres forests de rameaux couronnees
De mes accents seront importunees!
Adieu Rochers qui bornez ce beau lieu!
Monts, Prez, Valons, & Fontaines, Adieu.

ECHO.   Adieu.

V'oy-ie respondre à ma plainte mortelle?   Elle.
Seroit-ce Echo nostre Oracle fidelle?
Tu veux donc plaindre avec moy mon trespas   Las!
Et les ennuis du malheureux Hylas?
Las! tu me plains: mon mal qui t'est notoire
A peu mollir ton sein blanc comme Yvoire.   Voire.
O belle Echo qui me vas écouttant,
Que de douleurs mon cœur vort agitant?   Tant.
Si ie demeure aupres mon ennemie
Qu'esperera ma pauure ame rauie?   Vie.
Et quel succez est promis à mon sort
Quittant ses yeux dont l'abscence me mord?   Mort.
Et m'absentant du beil œil qui me dompte
Que doy-ie voir en ma fuitte si prompte?   honte.
Ie ne te croy: son cœur non satisfait
De me gesner son plus beau renom fait.   Non fait.
Que seroit donc, ô voix qui me consolle
Son ame, à qui tant de souspirs i'immolle?   Molle.
Son cœur n'aguere en mes maux resiouy
S'est fait plus tendre apres m'auoir ouy?   Ouy.

G

Doy-ie tarder? le Ciel qui me regarde
D'vn mauuais œil ne veut que ie retarde.　Tarde.
Mais celle là qui me rend tout transi
Par ses rigueurs, ne le veut pas ainsi.　Si.
Qu'ay-ie laissé dans ses yeux plains de charmes
M'élongnant d'elle entre cent mille alarmes?　Larmes.
Larmes? ô Dieu! mais dy finalement
Puis-ie attirer ce fer par quelque Aymant?　Aymant.
I'aymeray donc: quand ie deurois moy-mesme
Mourir cent fois en ce peril extresme.　Esme.

　Contraire aduis! iugement tout diuers!
Celle qui tient de nuage couuers
Mes tristes iours, à la mort me conuie:
Ceste autre icy me destine à la vie!
,, 　Qui de ces deux me dit la vérité?
,, C'est Lycoris : car de sa volonté
,, Non d'vn rocher dépend ma destinee:
,, Echo cent fois le iour importunee
,, Par les Bergers, les trompe à tous propos,
,, Et son mensonge engendre son repos.
　La pauure Echo par sa responce vaine
Trompant mon cœur, pense tromper ma peine,
Et reculer le desespoir sanglant,
Dont la fureur, ma raison aueuglant,
Ne represente à mon proche voyage,　(frage.
Qu'horreurs, que morts, que perte, & que nau-
　Gentille Echo trop belle pour Narcis,
Las! pleust à Dieu que les Cieux endurcis,

Dont la fureur ſur mon chef ſe décoche,
Euſſent changé mon corps en ceſte roche!
Car auſsi bien mon miſerable ſort
Et mes malheurs te reſſemblent bien fort!
   Par ton aduis ma fortune aduertie
N'arreſtera pourtant ma departie.
Tout auſsi toſt que i'auray prins congé
De ces Paſteurs qui m'ont tant obligé,
I'iray chercher deſſus l'onde marine
Ou le treſpas, ou bien ma Salamine.
Heureux helas! ſi i'euſſes euitté
Ou l'Archadie, ou ma captiuié!

SCENE CINQVIESME
DV SECOND ACTE.

Lycoris.   Myrthine.

Lycoris.

Dieu que ie ſuis miſerable & chetiue!
Hylas me dompte, & ie ſuis ſa captiue,
A meſme but nos deſirs ſont porteZ,
Vn meſme amour regit nos volonteZ,
Et cependant, à moy meſme inhumaine,

feins d'auoir en mon cœur de la haine,
Et consentir le depart d'vn Berger,
Sans qui i'irois sous la tombe loger.
　　Que ie veux mal à mon humeur maudite!
Qui pour iamais m'a sa face interdite!
Bergere aueugle, & sans entendement!
Qui vois ton heur & t'encourt au tourment!
Et ne peux pas embrasser ignorante,
L'occasion quand elle se presente!
Demeure oysiue, & pleure desormais
Vn bien offert, qui ne viendra iamais!
　　,, Que nostre sexe est subjet à de fautes!
,, Et que souuent les femmes sont peu cautes!
,,　Ce méchant siecle apprend à déguizer,
,, Aymer vn homme, & puis le refuser,
,, D'estre constante, & n'arrester en place,
,, Estre de flamme, & faindre estre de glace.
　,,　Mais ie me trompe: en telle passion
,, Il faut monstrer de la discretion.
,, Et c'eust esté chose bien mal-seante,
,, D'vn premier coup, de me dire estre Amante.
,, Vn grand guerrier dans vn mur enfermé
,, Ne se rend pas si tost qu'il est sommé:
,, A tout le moins auant qu'il se desarme,
,, Ou qu'il compose, il endure vne alarme:
,, L'assaut passé, les plus braues guerriers
,, En se rendant, ne perdent leurs lauriers.

Mais las ! ie crains qu'en differant son aide,
Il n'ait plustost la mort, que le remede :
Et puis l'abscence à iamais de ces lieux
Non de mon cœur, éclipse ses beaux yeux !
Il va mourir en quelque Antre sauuage,
Où detestant mon rebelle courage,
Il aigrira l'inexorable sort
Encontre moy, pour luy vanger sa mort.

Mais ô Bergere, autresfois inuincible,
A tous Pasteurs inhumaine, & terrible,
Qu'est deuenu ce courage de fer,
Qu'aucun objet ne pouuoit échauffer ?
Veux-tu seruir, au lieu d'estre maistresse ?
Et que par tout en comte ta foiblesse,
De n'auoir pas, d'vn dessain triomphant
Peu reboucher les traicts d'vn ieune enfant ?

Ha malheureuse auiourd'huy i'ay perduë
Toute la gloire en mon cœur pretenduë !

Que de pensers me viennent exposer
Au desespoir, pour me tyrannizer !
Et que pour estre en tout irresoluë,
Diuers dessains s'offrent deuant ma veuë.

D'autre costé Doralis le Berger
Qu'Amour à tort contraint à m'obliger,
Ne pouuant pas hors de mes graces viure,
Ne manquera tousiours à me poursuiure :
Et pretendant qu'il a receu ma foy,

G iij

Voudra m'induire à la nociere Loy,
Chose où plustost que pouuoir condescendre
Mon triste cœur sera reduit en cendre.

   Estant conduite en ces perplexitez,
Et ne voyant qu'ennuis de tous costez,
Il me seroit loisible de descendre
Où sous la nuict les ombres se vont rendre!

   Helas! pourquoy la nature, & les Cieux
Ont-ils semé tant d'attraicts dans mes yeux?
Pourquoy ne suis-ie en ce monde inconnuë,
Sans perdre, helas! des Bergers par ma veuë?
Ceste inconstante, & fragile beauté,
Dont i'ay le bruit d'auoir la primauté,
Ne me sert rien, fors à donner tristesse
A ceux qu'helas! innocemment ie blesse!

   Or sus il faut me resoudre à la fin
Quoy qu'il arriue, à suiure mon destin,
Et r'appeller Hylas pour qui ie pleure.
Voicy venir Myrtane, à la bonne heure,
C'est ma courriere: il la faut employer
En ce voyage, elle aura pour loyer
Le dur refus, qu'afin de luy complaire
I'ay ce matin à Doralis peu faire.

   Dieu! qu'elle est triste, il semble d'vne mort!
I'ay grand pitié de son grand deconfort.
Chaste Bergere, en beautez excellente
Où t'en vas-tu? tu me sembles dolente.

Myrthine.

O Lycoris ce n'eſt rien de nouueau
De voir mon corps abboyer le tombeau,
Ie te dirois mon angoiſſe profonde,
Mais tu la ſçais ainſi que tout le monde.

Lycoris.

Las! ie te ſuis compagne maintenant,
Moy qui n'aguere allois m'entretenant
D'honneur, de los, de triomphe, & de gloire:
Ie ſuis vaincuë, vn autre a la victoire.

Myrthine.

Ton mal venant des beaux yeux d'vn Berger,
Qu'Amour a pu luy meſme t'obliger,
Dequoy plains-tu? c'eſt moy qui me doy plaindre:
L'iniuſte Amour, l'Amour que l'on doit crain-
Plus qu'vne peſte, ou qu'vn venin mortel, (dre
M'a fait ſacrer mes Vœux ſur vn Autel
Où l'on ne veut pour encens, & prieres,
Rien que la vie, & le ſang des Bergeres.
Pour ton Hilas, il eſt d'vne autre humeur
Car ennemy de guerre, & de rumeur,
A ton vouloir tout paiſible il s'accorde,
Et pour ta paix, il t'offre ſa concorde.
Mais a propos Thirſis tout de ce pas
Vient de paſſer, qui m'a compté tout bas
Qu'entre vous deux, en ceſte meſme place,
Eſt arriuee vne fort grand diſgrace.

Lycoris.

Si grande helas! qu'Hylas deſeſperé
Prenant congé de moy s'eſt retiré.
Car auiourd'huy ſotte, & mal-aduiſee,
I'ay ſon amour durement refuſee :
Et mes refus l'ont mis en tel eſtat,
Qu'il eſt pour faire a ſes iours attentat :
Il va trouuer la mort tant il eſt triſte
S'il n'a ma grace, ou ſi Dieu ne l'aſſiſte.

Myrthine.

Bon Dieu qu'on a de mal pour t'obliger !
Qui t'incitoit d'offenſer ce Berger ?
Et quelle iniure as-tu de luy receuë
Pour l'irriter par tes rigueurs émeuë ?
,, Quand vn amour ne māque en aucun poinct,
,, Et qu'vn Paſteur iuſqu'au vif en eſt poinct,
,, Que vous ſeruent ces fuittes & ces faintes?
,, Diſſimulant de n'eſtre pas attaintes ?
,, Et refuſant ce qu'on voudroit en fin ?
,, C'eſt proprement irriter le deſtin
,, Et reiettant ſa faueur opportune,
,, Cracher aux yeux de ſa bonne fortune.

Lycoris.

Myrthine helas! tu parles rudement !
Tu ne veux point excuſer mon tourment,
Ni les douleurs qui me rendent confuſe :
Et tu veux bien toy meſme qu'on t'excuſe.

Si tu sçauois ce que i'ay fait pour toy,
Quand Doralis m'a presenté sa foy,
Et ce qu'encor ie te promets de faire,
Tu te rendrois plus douce à ma priere.

Myrthine.

Quoy que i'ais dit n'espargne pas pourtant
Tout mon pouuoir, car i'iray t'assistant.

Licoris.

Si tu m'as fait donc plaisir en ta vie,
Fay moy ce bien, ma sœur, ie te supplie,
D'aller apres, & par vn prompt retour
Fauoriser l'estat de nostre amour.

Myrthine.

Pourueu qu'il soit encore en ce village
Ie le rends tien, prens-en ma foy pour gage.

Lycoris.

S'il auoit pu si viste s'en aller,
Il auroit eu des aisles pour voller.
Ie connoy bien sa grande courtoysie,
Et que d'honneur son ame est trop saisie,
Pour s'en aller & partir de ce lieu
Sans voir mon pere, & sans luy dire adieu.
Va donc Myrthine en ces proches Collines,
Où les Pasteurs & Bergeres voisines
Deuoyent conduire auiourd'huy leurs troupeaux,
Tu trouueras l'honneur des pastoureaux.
Et fay si bien que ton soin nous attrappe

Ce fugitif qui de nos mains échappe !

Chœur.

„ Au temps de l'enfance du monde,
„ Qu'encor sur l'echine de l'onde
„ N'erroyent les grands maisons de bois ::
„ Que les chasteaux & les bourgades
„ N'auoyent couuert sous leurs arcades
„ Les grands Monarques, & les Rois.

„   Encore vierge estoit la terre,
„ Et l'or qui fait aux cœurs la guerre,
„ Dans ses entrailles enfermé :
„ Les fruits de ces forests hautaines,
„ Et les douces eaux des fontaines,
„ Estoyent le mets accoustumé.

„   Les hommes exempts de tout vice,
„ Viuoyent sans crainte de supplice
„ Dedans les antres les plus cois :
„ Ils passoyent leurs iours sans enuie,
„ Et l'innocence de leur vie
„ Estoit leur digeste & leurs loix.

„   Les Nymphes qui viuent & meurent,
„ Et sous ces grands chesnes demeurent,
„ Dont neuf siecles font le cercueil,
„ Aux Bergers tenoyent compagnie
„ Iusqu'a tant que vesper brunie
„ Conuiast chacun au sommeil.

„   Dans les grottes plus solitaires

,, *Les Paſteurs auec les Bergeres*
,, *Alloyent ſans crainte diſcourir :*
,, *Et ſans peur d'vn mauuais langage*
,, *Paſſoyent ſi doucement leur aage*
,, *Qu'ils ne penſoyent iamais mourir.*
  Ce fut lors que Pan priſt la peine
De paiſtre vn troupeau porte-laine
Parmy ces herbes, & ces fleurs,
Quand la rigueur de ſa Syringue
Que l'amour des autres diſtingué
Fiſt groſsir Ladon de ſes pleurs.

  En ceſte ſaiſon ſi iolie
Phœbus luy meſme en Theſſalie
D'vn Roy vint garder les toreaux :
Quittant le Ciel & ſon Empire
Priſant moins le ſon de ſa lyre
Que des plus humbles chalumeaux.

  Alors les Paſteurs commençerent
A faire des vers qui porterent
Leur nom en mille & mille endroits,
Et des ſœurs la troupe neuuaine
Vint ſur les riues d'Hypocrene
Oüir la douceur de leur voix.

  Mais non contens que l'harmonie
De leur plus douce Polymnie
S'entendiſt ſous ces arbres vers :
Les hommes s'eſtans faiſt des villes

Ils allerent, gens mal habilles !
Y chanter leur Muse & leurs vers.
„   Ce langage aux Dieux ordinaire
„ Commença d'estre mercenaire,
„ On loüa ce qu'il faut blamer :
„ Et des pedans la troupe altiere
„ Qui des beaux esprits fait litiere
„ Contr'eux se mist à declamer.
„   On changea les vers, & le style,
„ On blama Nason, & Virgile,
„ On écorcha ce vieil autheur :
„ Qui chanta les combats d'Achille,
„ Et la langue la plus habille
„ Fut la langue de l'imposteur.
„   Phœbus abandonna l'vsage
„ De guider les bœufs à l'herbage
„ Pan oublia l'art de chanter :
„ L'ignorance & la Barbarie
„ Occuperent la Bergerie
„ Qui par tout s'estoit fait vanter.
„   O que l'on doit auoir en haine ;
„ Celuy qni premier print la peine
„ De changer les champs aux citez :
„ Et de quitter la douce vie
„ Qui se voyoit tousiours suiuie
„ De cent mille felicitez.
„   On doit detester la memoire
                                         „ Du

,, *Du premier Paſteur qui fiſt gloire*
,, *De quitter les champs & les bois*
,, *Et fiſt enfler ſa Cornemuſe*
,, *Pour charmer au ſon de ſa Muſe*
,, *Les cœurs des Princes, & des Rois.*

ACTE TROISIESME,
SCENE PREMIERE.

Doralis. Hylas. Damon. Philiris.

Doralis.

Vel eſt ce teinct qui rēd bleſme ta face
As-tu receu du ſort quelque diſgrace?
Qui te verroit, ta houllette & to chiē,
Ton flageollet le plus cher de ton bien
On te prendroit pour vn qui delibere
Aller trouuer vne terre eſtrangere.
Et ne voy rien manquer à ton depart
Que tes aigneaux reſteZ en quelque part.
Hylas.
I'ay delaiſſé mon troupeau porte-laine
Aux premiers loups errans par ceſte plaine:
Et ie m'en viens vous trouuer en ce lieu
Pour vous donner vn eternel adieu,

H

Et pour vous dire, ô Pasteurs, qu'vn voyage
Ce iour m'oblige à quitter ce riuage.

Damon.

Ce doux pays te vient-il à dédain,
Pour te contraindre à partir si soudain?

Hylas.

Il me plaist fort, mais le Ciel qui preside
Sur nostre vie, en autre part me guide.

Philiris.

En quelle terre adresses tu ton cours
Pour y passer à l'aduenir tes iours?

Hylas.

Ie n'en sçay rien, ô gentille Bergere,
Tout vent est bon à qui nul port n'espere.

Doralis.

Ie comprens bien, t'oyant parler ainsi,
Qu'vn desespoir te fait partir d'ici,
Mais cher Hylas, par nostre amitié rare
D'auecques nous ainsi ne te separe!
Pren bon courage, attens l'euenement
De ce suiet, qui te donne tourment:
On voit souuent la fortune maligne
Tourner sa rouë, & nous estre benigne;
Va deferant au commun deconfort
De ces Bergers, qui t'adorent si fort!

Hylas.

Ie le voudrois, mais fortune inhumaine

Qui me gourmande, en autres lieux me maine,
Le noir destin qui me ceint alentour
Comme trop doux m'enuioit ce sejour :
I'eusse passé trop doucement ma vie
Dedans ces champs, sans trouble, & sans enuie.

Adieu Bergers! adieu mes bons amis!
Heureux trois fois, si le Ciel eust permis
A mon deuoir de payer vos seruices,
Et vos bontez pour tant de benefices.
Ie prie aux Dieux, qui resident là haut,
En vostre endroit d'espouser mon defaut!
Et si le Ciel darde vn iour ses tempestes
Dessus ces champs, qu'il preserue vos testes!
Soyent vos troupeaux guarantis du courroux
Des Tigres fiers, des Lions, & des Loups!
Soit vostre toict, sous la faueur diuine,
Exempt de mort, de guerre & de famine!

Souuenez vous de vostre pauure Hylas!
Qu'Amour rendit prisonnier en ses laqs,
Pour le priuer, par sa rigueur trop grande,
De l'entretien d'vne si chere bande!
Et des plaisirs que tant & tant de fois
Nous auons eus sous l'ombre de ces bois.
Quand vous orrez que ma vie est estainte
Honorez moy d'vne petite plainte!
C'est ma requeste, & mon dernier propos :
Adieu Pasteurs! Dieu vous tienne en repos!

H ij

Doralis.

Le bon Genie, admis à ta naissance,
Guide tes pas, & te donne assistance !

Damon.

Sage Berger, ie veux à l'aduenir
Grauer ton nom dedans mon souuenir.

Philiris.

Dieu te conduise, & de mal te dispense !
Ces champs n'estoyent dignes de ta presence !

Hylas.

Adieu Pasteurs, adieu pour tout iamais !

Doralis.

Que ces deserts soyent tristes desormais !
Que ces ruisseaux seichent leurs claires ondes !
Que ces épics soyent sans leurs crestes blondes !
Que de ces fleurs tout l'émail soit terny,
Que du Soleil le clair front soit bruny,
Et des Oyseaux la Musicque agreable
Aux hurlemens des Hiboux soit semblable !
Puis qu'vn Hylas que ie plaindray toustours
Va d'autre part confiner ses beaux iours.

SCENE SECONDE
DV TROISIESME ACTE.

Philiris.   Damon.

Philiris.

MOn cher *Damon* quelle douleur t'aßiste?
A ton humeur, tu me sembles tout triste?
C'est volontiers d'Hylas le dur depart,
Qui t'a percé le cœur de part en part :
Si comme luy i'allois ailleurs me rendre,
T'en verroit-on quelques larmes espandre?
Ie croy que non: tu'n'as pas tant d'amour
Comme tu dis me porter chacun iour.

Damon.

Tu me faits tort d'estimer que mon ame
Pour tes beaux yeux ne consomme de flamme.
Pourroit bien viure & s'animer vn corps
Quand son esprit est au seiour des morts?
Et tu voudrois sans toy que ie veux suiure,
Ie subsistasse, ou que ie puisse viure?
Non Philiris, non ma chere moitié,
Rien ne m'est doux que ta belle amitié :
Et ceste vie, & toute autre fortune

H. iij.

Sans toy, mon cœur, me seroit importune.

Philiris.

Tu me le dis, mais tu n'es le premier
Qui de tromper ait l'esprit coustumier :
,, L'homme inconstant pour saoûller son enuie,
,, Promet son bien, son honneur, & sa vie,
,, Se plaint, soupire, importune les Cieux,
,, Fait déborder deux torrents de ses yeux,
,, Se faint languir, au milieu du martyre,
,, Mais quand il a ce que son cœur desire,
,, Sans auoir soin de sa foy maintenir :
,, De sa promesse il n'a plus souuenir.
,, Et nous delaisse auecque repentance
,, Qu'onc à leurs maux fut donnee allegeance.

Damon.

Ie ne croy pas qu'on ait iamais trouué
Vn amoureux d'vn cœur si dépraué :
Et tu me dis vn fait sans apparence,
Comme ignorant de l'Amour la puissance.

Philiris.

Las! ie sçay trop sa force, & son pouuoir,
Tes deux beaux yeux me l'ont bien fait sçauoir :
Aussi voudrois-ie en tes laqs asseruie
Le tesmoigner aux despens de ma vie.

Damon.

Et toy mon cœur, me crois-tu moins constant
Que pour t'aymer ie n'en fisses autant?

Mourir pour toy ce me seroit bien viure
Et vray trépas que morte, ne te suiure.

Philiris.

Les bons Amants en doiuent faire ainsi.

Damon.

Ie le ferois : le croy tu pas aussi?

Philiris.

Ma passion me force de le croire.

Damon.

Et ta creance en redouble ma gloire.

Philiris.

Mais combien doit durer ta fermeté?

Damon.

Autant que peut durer l'Eternité.

Philiris.

Le seul Tombeau t'en peut doncques forclorre?

Damon.

Non le Tombeau, car mort l'on ayme encore.

Philiris.

Dois-tu iamais au change t'adresser?

Damon.

I'aurois horreur seulement le penser.

Philiris.

Tu bruslerois voyant plus belle face?

Damon.

Rien ne m'est beau sinon ta seule grace.

La Princesse,

Philiris.

Et qui pourra m'asseurer de ta foy?

Damon.

Mon cœur qui t'ayme & qui n'est plus à soy.

Philiris.

Heureuse amante à bon droict ie m'estime!
Et bien heureux le doux feu qui m'anime!
Et ie voudrois tant ie prise mes vœux
Mourir plustost qu'en dissoudre les nœuds.
Mais pour me voir contente en toute sorte,
Fay que le temps, ta constance n'emporte.

Damon.

La mer sera sans flus, & sans reflus,
Lors que Damon ne t'adorera plus.

Philiris.

Alors vulcan logera chez Neree
Que ie rompray ma promesse iuree.

SCENE TROISIESME.
DV TROISIESME ACTE.

Hylas.

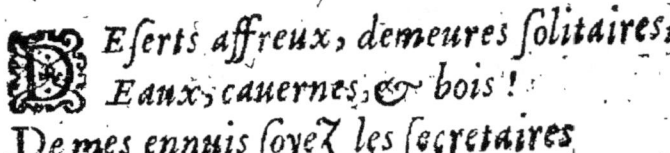Eserts affreux, demeures solitaires,
Eaux, cauernes, & bois!
De mes ennuis soyez les secretaires

Pour la derniere fois!
Et témoigneź par tous les coings du monde,
Combien ma peine & douleur eſt profonde!
    O Lycoris Soleil des belles ames,
Reyne de mes penſers,
Qui remplirieź tout l'Vniuers de flammes,
Et d'amour ces deſerts,
Si Voſtre cœur ne couuroit plus de glace
Que de beauté ne luiſt ſur voſtre face!
    Aueź vous peu ſans eſtre en rien eſmeuë
Conſentir mon depart?
Et m'enuoyer bien loin de Voſtre veuë
Mourir en quelque part!
Pour n'auoir fait autre offence plus grande
Que d'immoler mon cœur pour Voſtre offrande.
    Ie mourray donc puis que vos yeux l'ordõnent
Et l'Arreſt de mon ſort:
Les Manes froids que les Cypreź couronnent
Par les mains de la mort,
M'eſtimeront malgré toutes mes larmes
Trois fois heureux de mourir de vos armes!
    Si perdeź-vous, en cauſant ma défaite
Plus que vous n'eſtimeź:
I'eſtois l'honneur des coups de la ſagette
De vos yeux bien aymeź!
Iamais Berger plus conſtant, & fidelle,
N'adorera Voſtre grace immortelle.

Dois-ie d'vn coup mettre fin à ma vie
Ou differer vn peu?
Que la langueur dont mon ame est suiuie
Me brusle de son feu?
On dit que c'est vn sacrilege extresme
Que d'attenter par le fer sur soy-mesme.

　　Et ce n'est pas par faute de courage
Que i'espargne mes iours,
L'horrible effort de la cuisante rage
Qui me poursuit tousiours,
Et doit bien tost m'ouurir la sepulture,
Est bien plus dur que la mort la plus dure.

　　Attendons donc que ma dolente peine
Tout à fait m'ait destruit,
Ou qu'à mes cris vne fere inhumaine
Accoure ceste nuiet,
Qui me deuore, & contente la belle,
Qui me condamne à tressasser pour elle.

SCENE QVATRIESME,
DV TROISIESME ACTE.

Myrthine.   Hylas.

Myrthine.

TV peux iuger si i'ay de toy du soin :
I'auois grand peur que tu fusses bien loin :
Et ton depart affligeoit ma pensee :
I'ay tant couru que ie me suis lassee :
Mais à la fin i'ay r'encontré tes pas.

Hylas.

Qu'apportes-tu la vie, ou le trespas ?

Myrthine.

Vie & bon heur auec moy ie t'apporte :
Console toy ferme aux douleurs la porte :
Ta Lycoris, tienne il la faut nommer,
De tout son cœur est portee à t'aymer.

Hylas.

Las ! ne viens point, Myrthine, en telle sorte
Resusciter mon esperance morte,
Sans s'esmouuoir, sans mesler à mes pleurs
Vn seul soupir, sans plaindre mes douleurs,
Sa dure voix, contre toute apparence,

De mon exil a dicté la sentence!
Et tu voudrois à ce pauure affligé
Persuader, que son cœur est changé.

Myrthine.

Non point changé, car il faut que tu sçaches
Que ce grand feu qu'en tes veines tu caches,
A dés long temps consommé ses esprits:
Que tu l'as prise, ainsi qu'elle t'a pris:
Mais la pudeur, au sexe necessaire
Seruoit de voile à couurir son vlcere:
Et tu ne dois prendre en mauuaise part
Si son refus a causé ton depart:
Il falloit voir, par vne telle fainte:
Si de ses yeux ton ame estoit attainte:
Et si tu veux creance luy donner
Que tu l'aymois, il te faut retourner.

Hylas.

Que ie retourne! ô pauure miserable!
A mes clameurs son cœur inexorable
A il molly ceste grande durté,
Qui se plaisoit à me voir tourmenté?
Mais c'est tout vn, soit qu'Amour l'ait dötee,
Soit qu'à ma mort son humeur soit portee,
Retournons donc: s'il me conuient perir,
I'aymerois mieux auprès elle mourir.

Myrthine.

Tu ne mourras, oste moy ceste crainte,

Ta

Ta Lycoris t'interdit toute plainte:
Et quelle grace aurois-ie à t'arrester,
Pour voir apres tes douleurs augmenter?

Hylas.

S'il est ainsi! ie veux que son cordage
D'vn nœud plus ferme enchaisne mon courage,
Ie ne veux pas me lasser de souffrir
Tous les tourmens qui se pourront offrir:
Pour meriter ceste Nymphe d'eslite
Les maux d'enfer sont chose trop petite:
Si toutesfois ce n'est trop presumer,
Qu'aucun mortel merite à les aymer.

Heureux Pasteur! ta peine est bien legere,
Si ton seruice a vaincu ta Bergere!
Tu dois cherir le vol de ton desir:
Car ton desastre a causé ton plaisir!

Myrthine.

Dy moy Berger, en quittant ce riuage
En quel pays s'addressoit ton voyage?
A mon aduis c'estoit au doux sejour
Où tes deux yeux virent le premier iour.
Cypre la belle est la Venus du monde:
Doux sont les fruits, & la terre feconde,
Puis le desir, à tous hommes fatal,
Est, de mourir en son terroir natal.
C'est là, ce croy-ie, où t'appelloit fortune
Pour oublier l'amour qui t'importune.

I

Hylas.

Vn loin sejour ie m'estois pretendu,
Combien qu'en bref ie m'y fusse rendu.

Myrthine.

Et qu'elle estoit ceste terre eslongnee.
Qui de t'auoir eust esté fortunee ?

Hylas.

C'est le royaume, où Pluton sur les bords
Tient cour ouuerte aux miserables morts.

Myrthine.

Tu fusses mort au partir de ceste Isle ?

Hylas.

Pauure Myrthine es-tu si simple fille
D'auoir creance, estant si mal voulu,
Qu'à viure encor ie fusse resolu ?
Tu ne sçais pas bien que tu sois Amante,
De quelle gesne vn mépris nous tourmente.
Et ce que peut Amour dessus vn cœur,
Quand de nos sens il s'est rendu vainqueur.

Estant absent du Soleil que i'adore,
I'allois trouuer mon couchant, dés l'Aurore,
I'allois attendre aux ombres de là bas
Ma Lycoris apres son dur trespas,
Pour essayer si sa haine profonde
Eust pu durer encor en l'autre monde !

Myrthine.

Rare amitié ! sincere affection !

Gentil Pasteur, ta grande passion
Est à priser ! Amour est equitable
D'vnir ensemble vn couple si sortable !

Hylas.

Las ! qu'as tu dit ! faisant comparaison
D'elle & de moy, tu parles sans raison.
C'est égaller au Cedre la fougere,
Que m'assortir auecques ma Bergere.

Chere Myrthine, autant comme Phœbus
Va s'esleuant sur ces pastis herbus,
Autant qu'Athos, ou l'Olympe s'esleuent
Sur les vallons, que les fleuues abreuent,
Autant ses yeux les plus beaux cœurs blessant
Vont sur l'enclos du monde se haussant.

Depuis les lieux où l'Aurore emperlee
Tient d'Apolon la charette attelee,
Iusqu'au seiour, où rompu de trauaux,
Le vieil Triton débride ses cheuaux ;
Rien ne se void qui luy soit comparable :
Et son merite est du tout adorable.

„   Aussi le Ciel soit plustost sans flambeaux,
„ La nuict sans ombre, & ces prez sãs ruisseaux,
„ Ceres sans bleds, Cupidon sans supplices,
Que ses Autels soyent sans mes sacrifices !

Myrthine.

Que tu vas haut, ô nompareil Berger !
Pallas naissant te voulut obliger :

I ij

Ie ne croy pas que ta belle origine
Vienne des champs qui bornent Salamine :
La docte Grece, ou l'anticque Memphis,
Te reconnoist bien plustost pour son fils :
Là ta belle ame aux sciences instruite
Fait que chacun tu passes en merite,
Ta douce voix, & tes mots enchanteurs,
Ne sentent point le stile des Pasteurs :
Et Lycoris est vrayment trop heureuse
De posseder ta belle ame amoureuse !

Mais en causant nous sommes paruenus
Aux lieux où Pan, & ses Fannes cornus,
Ont estably leurs palais ordinaires :
Chemin fatal aux gentilles Bergeres.

Retirons nous de ces noires forests :
Que le iour perce à peine de ses rais
Et nous hastons de trouuer ceste belle
Qui se repent d'auoir esté cruelle.

SCENE CINQVIESME
DV TROISIESME ACTE.

Meſſager de Pan. Lycoris.

Meſſager.

Haſte Bergere à la grace gentille:
Ie ſuis courrier du grãd Dieu de ceſte Iſle,
Pan, qui premier aux ſimples Paſtoureaux
Enſeigna l'art de garder les troupeaux:
Et du depuis par ſes loix eternelles
Regit leurs meurs, & vuide leurs querelles.

A ce matin Doralis le Berger
S'eſt venu plaindre, & ſe veut obliger
De luy prouuer que ta foy trompereſſe
Luy va manquant d'amour & de promeſſe:
Et que ton ame en ſes vœux parjurant
Vn autre amour au ſien va preferant:
,, Ce qui n'eſt bon: la parole donnee
,, Se doit tenir aux loix de l'Hymenee.

C'eſt le ſujet qui m'amene vers toy,
Pan, qui ne veut qu'on enfraigne la foy
Que les Amants ſe donnent pour hoſtage;
M'enuoye expres te faire ce meſſage,

I iij

Pour t'en venir auiourd'huy te purger,
De ce que veut alleguer ce Berger.

Lycoris.

Onc Doralis n'eus ma promeße en gage
Pour me sous-mettre aux loix de mariage:
Il a menty, c'eſt vn homme effronté
De faire embuſche à ma virginité:
Veu qu'il ſçait bien, qu'en ma tendre ieuneße,
I'en auois fait à Diane promeße.
    C'eſt deuant elle où l'on me doit mener,
Ou pour m'abſoudre, ou pour me condamner
Non deuant Pan, des Paſteurs le refuge,
Ie le ſerois de ſa cauſe le iuge:
Ie n'iray pas, ſi i'ay pu m'obliger
C'eſt à Diane à tous deux nous iuger.

Meſſager.

Tu n'iras pas? c'eſt donc ainſi, Bergere,
Que des grands Dieux l'ordonnance t'eſt chere,
Tu monſtres bien par là que ton Paſteur
A iuſte droiét, & n'eſt pas impoſteur.

Lycoris.

Sage courrier, ne m'eſtimes pas telle,
De mépriſer la puiſſance immortelle
Du iuſte Pan: il iuge droiétement:
Mais la Deeſſe à qui premierement
I'ay fait le vœu de demeurer pucelle,
Doit eſtre iuge, & n'en veux d'autre qu'elle.

Meſſager.

Bien, bien, demeure : aſſeure toy pourtant
Puis que tu vas ſa iuſtice irritant :
Et que ſi peu ſon Sceptre tu reueres,
De voir bien toſt trois Satires ſeueres
Te prendre au corps, & en lieu te mener
D'où l'on ne peut impuni retourner.

SCENE SIXIESME
DV TROISIESME ACTE.

Myrthine.　　Doralis.

Myrthine.

Las ! i'apperçoy l'inhumain parricide,
Qui va cachant dans la veuë homicide
Vn Baſilic, & d'vn ſimple regard
Va tranſperçant mon cœur de part en part !
Il me vaut mieux l'aborder à ceſte heure
Et voir en fin s'il reſout que ie meure.
　Cher Doralis, flambeau de mon amour,
Ie te ſouhaitte, & donne le bon iour !
　Ce m'eſt vn bien d'auoir fait la rencontre,
Au premier poinct que le Soleil ſe monſtre,

D'vne personne, à qui sans fiction
I'ay fait le vœu de mon affection.
  Quel bon destin à mes vœux debonnaire
T'a fait venir en ce lieu sollitaire?
C'est volontiers pour paistre en ce coupeau
Durant le chaud ton aymable troupeau?

Doralis.

C'est au contraire, ô gentille Myrthine,
Ie vay chasser en la forest voisine,
Car hier estant sur le bord de Ladon
Thirsis & moy, Floris & Coridon
Fismes partie auec foy redoublee:
Et ie m'en vay trouuer leur assemblee.

Myrthine.

Las! tarde vn peu: te vient-il à dédain
Que ie te parle, à partir si soudain?
Dure pitié! c'est grand cas qu'il s'offense,
Quand il me void en sa belle presence!

Doralis.

Ce n'est cela, mais i'ay haste d'aller:
Mes compagnons me viendront quereller,
D'auoir tardé, donnant à ma personne
Tout le malheur, si la chasse n'est bonne.

Myrthine.

Iusques à quand a resolu ton cœur
A me laisser en si triste langueur?
Serois-tu bien semblable aux grands riuieres,

Qui plus s'en vont, & plus deuiennent fieres,
Par le tribut de cent moindres ruisseaux
Qui s'y ioignant leur sont part de leurs eaux ?
Veux-tu qu'vn iour ta belle renommee,
Par mes tourmens se rende diffamee ?
Et que le cours de mon cruel tourment
Soit limit par le seul monument ?

Doralis.

Que te sert-il, malheureuse Myrthine,
De rechercher remede, & medecine,
D'vn qui luy mesme approchant du trespas,
Va la cherchant & ne la trouue pas ?
C'est esperer d'vn aueugle conduite,
Et s'asseurer en vn qui prend la fuite,
C'est perdre temps, c'est mesurer de l'eau
Dedans vn crible, & d'vn foible pinceau
Peindre dans l'air, que chercher allegeance
D'vn, qui n'a plus sur luy mesme puissance.

Myrthine.

Est-il encor de la Iustice aux Cieux ?
O cœur ingrat, ne veillent pas les Dieux
A son merite égaller le supplice !
Ie mourray donc ! ie feray sacrifice
De mon sang propre à ta dure rigueur !
O mes ennuis pour Dieu tuez mon cœur !

Doralis.

Dieux ! qu'est-ce cy ? faut-il que la malice

D'vn fier Tyran, cause tant d'iniustice?
Ie fay la guerre, & vay cherchant la paix,
En mesme instant ie plais, & ie desplais!
Myrthine m'ayme, & Lycoris m'abhorre!
L'autre me hait, & celle cy m'adore:

    Maudit Amour change leurs volontez!
Fay les aymer ceux-la qui sont portez,
A les cherir, & ne rends ton empire
Abominable, à qui sous toy soupire!
Ne te plais plus à gesner les mortels
Ou tu verras sans encens tes autels!

    La pauure fille est de douleur pasmee,
La laisseray-ie en ce dueil abismee
Sans voir la fin de son elourdement?
Ouy: car ma veuë agrandit son tourment.

    Myrthine, reuenuë de pasmoison.
Il s'en va donc l'inhumain, le barbare
Sans que pitié de son ame s'empare!
Il s'en va donc sans sçauoir si mon corps
Par sa rigueur est du nombre des morts!
Il n'a pas eu l'humeur assez bonitue
D'attendre vn peu si i'estois morte, ou viue,
Et pour couurir ce corps qui l'ayme tant
D'vn peu de terre, & m'aller regrettant!

    O durs rochers de sauuage nature!
Chesnes, fouteaux, dont l'écorce est si dure,
Loyaux tesmoins de mon fascheux ennuy,

Vous auez bien le cœur plus mol que luy!
M'auoir laiſſee en ce poinct lamentable!
Allons mourir, il eſt inexorable!

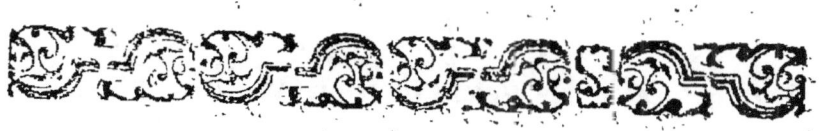

SCENE SEPTIESME
DV TROISIESME ACTE.

Satyre.   Lycoris.

Satyre.

Il ne faut plus faire de la mauuaiſe,
A mon plaiſir il faut que ie vous baiſe;
Tout de ce pas de force ou d'amitié.
De mes douleurs il faut auoir pitié.

Lycoris.

Quelle façon d'aborder ſa Maiſtreſſe!
Amy Satyre il faut que ie confeſſe
Qu'en ton humeur ie ne me connois plus:
I'ay veu le temps que le plus dur refus
N'euſt pas bleſſé l'honneur de ta conſtance:
Et ton amour n'eſtoit qu'en ſon enfance.
Et maintenant que tes ennuis ſoufferts
Deuroyent t'apprendre à bien heurer tes fers:
Et t'eſtimer heureux en ton martyre:

Il semble à voir qu'à vieillir il empire:
Comme l'on dit qu'aux bois Apuliens
Vont s'empirant les loups auec les ans.

   Seroit-ce bien que l'Auril de mon aage
Eust ia flestri les fleurs de mon visage:
Et que manquant à mes yeux la beauté,
Dedans ton cœur manquast la loyauté?
Ie m'en estonne, & trouue fort estrange
Que ton amour en mon endroit se change:
Et qu'vn respect qui souloit t'assister
T'ait delaissé, iusques à m'affronter.

         Satyre.

Fy du respect. C'est vne vaine fable!
L'Amant coüard est tousiours miserable!
Il faut oser : Vostre sexe indompté
Se veut gagner par importunité,
Qui bien souuent son amour dissimule,
Lors que plus fort la passion le brusle.
L'homme est bien sot s'il croit que vostre cœur
Est insensible à l'amoureuse ardeur !
Plaisante erreur! comme si la Nature
Vous auoit fait de quelque roche dure,
En vous donnant par haine ou par courroux
Vn autre chair ou d'autre sang que nous.

   A d'autres soyent ces raisons hereticques!
Ce sont des veaux qu'il faut payer de nicques.
   Non, non, ce feu ne vous brusle pas moins
                 Que

Que nous garçons, & mille en sont tesmoins,
Qui se sont veuz importunez des femmes:
Et Pasiphé, ce beau miroüer des Dames
Pour satisfaire à ses desirs meschans
S'abandonna mesme aux bestes des champs:
Puis dites moy qu'vne femme est marrie,
Quand on la baise, ou bien quand on la prie.

    Dépoüillons donc toutes ces fictions:
Ne donnons plus de voile aux passions:
Et confessez n'estre pas moins friande
D'vn tel plaisir, que moy qui le demande.

    Parquoy sans plus me mettre au lendemain,
Permettez-moy que ie touche ce sein,
Et que les fruicts de mon amour ie cueilles.

    Ie ne veux plus me contenter de fueilles,
Comme ces Sots qui courant apres l'or
Meurent de faim aupres de leur tresor.

             Lycoris.
Aurois-ie creu que ta perseuerance
Me deust vn iour apporter violence?
Et me rauir ce qu'vn iour tu pouuois
Auoir de gré. Satyre. Ceste plaintiue voix
Ne peut brider ma rage violente:
Criez, pleurez, faites de la dolente,
Vous perdez temps, car sans plus auiourd'huy
Ie mettray fin à mon facheux ennuy.
             Lycoris.

                X

Forcer helas! vne fille espleuree
C'est vn plaisir de bien courte duree!

    Satyre amy, ie t'aymeray d'amour,
Et pour tout terme accorde moy ce iour:
I'iray trouuer nostre chaste Deesse,
A qui sortant de ma tendre ieunesse
I'ay fait le vœu de ma virginité:
Et dans son temple auec solennité
I'immolleray pour me lauer de crime,
Sur ses autels vne saincte victime,
Pour appaiser son courroux trop amer:
Puis cela fait, ie suis preste d'aymer.

                Satyre.

Bien à propos de m'alleguer Diane!
Qui voudroit croire vne bande profane
Qui suit ses pas, nous serions tous perdus!
Le monde entier & ses indiuidus
Manquant alors, la fin que l'on redoute
De l'vniuers, arriueroit sans doute.

    Bien à propos de l'aller supplier!
D'vn vœu mal fait on se peut deslier:
Laissons aux bois auec son pucellage
Ceste Diane, & tout son attirage.

    Que les mortelz elle abhorre du tout:
Que de ce monde elle cherche le bout:
Qu'a la Nature elle face la guerre:
Qu'elle bannisse Amour hors de la terre:

Qu'auec Cibelle elle aille de fes mains
Effeminer la moitié des humains :
Voire qu'elle aille au Ciel, fi bon luy femble,
Ofter Iunon & Iupiter d'enfemble :
Mais qu'elle fouffre aumoins aucunesfois
Que moy qui fuis demy-Dieu de ces bois,
Et ne tiens rien fous fon Sceptre en hommage,
Viue à plaifir en món libertinage.
   Or laiffons-là chaffer par ces forets :
Et cependant que Phœbus de fes rais
Roftit ces monts, paffons cefte iournee
Aux doux ébats du gentil Hymenee.

Lycoris.

Encor vn coup ie te fupplie attends
Iufqu'à demain, ce n'eft pas vn long temps.

Satyre.

Rufe de femme! excufes trop communes!
L'apaft eft vieil, on n'y prend que les ieunes!
C'eft vn bon terme il n'arriue iamais :
Ie n'y feray plus trompé deformais :
Auffi ie veux fans plus longues remifes
Toucher au but, & venir droiét aux prifes.

Lycoris.

Tu n'auras pas vn grand contentement :
Ie t'ay celé, parce qu'honneftement
On ne fçauroit telles excufes faire,
Que ie ne fuis en eftat pour te plaire

                           K ij

Me trouuât mal. Satyre. La femme à tout propos
Fait la malade & n'a iamais repos,
Et luy sied bien à faire la dolente.

Lycoris.

Vne autre chose helas! m'est importante,
Mopse mon pere est au pas de la mort.

Vne herbe croit sur l'effroyable bord
De l'Ocean, à son mal salutaire,
Qand tu m'as veuë en ce bois solitaire,
Ie m'en courois afin d'en amasser.

Le Sage Vrgand qui l'est venu penser,
Nous a promis auec toute asseurance
Que par ce simple il auroit allegeance.
Si la pitié demeure encore en toy,
Et la bonté, Satyre oblige moy
De m'assister à cueillir de cette herbe.

Voicy prochain le grand rocher superbe
Qui la produit, m'ayant fait ce plaisir,
Ie m'abandonne à faire ton desir.

Satyre.

Ha! ie vous ayme: ouy dea ma chere vie:
Ie veux en tout contenter vostre enuie:
Allons soudain: i'irois trop regrettant
Vostre bon pere: Hà Dieu ie l'ayme tant!

Lycoris.

Il faut l'aymer puis qu'il est ton beau pere.

Satyre.

Voicy le Roc. Lycoris.　Et l'herbe ſalutaire:
Elle fleurit aux flancz de ce Rocher:
Mon bras eſt court, & n'en puis approcher.

Satyre.

Laiſſez moy faire : il faut que ie me couche:
Elle eſt bien bas : à peine ie la touche
Au bout des doigts : tenez ceſt autre bras,
Et gardez bien que ie ne tombe à bas:
Serrez bien fort que ie ne vous entraine.

Lycoris.

Ton bras m'échappe : Adieu race inhumaine
Maudit boucquin, Animal tout affreux:
Va dans la mer pour y noyer tes feux.

Satyre.

Ha ie ſuis mort! Lycoris. comme la mer reſonne!
Mais il vaut mieux que ce lieu i'abandonne,
Et n'aille plus ſeullette deſormais !
On dit qu'vn mal tout ſeul ne vient iamais.

Ki iij

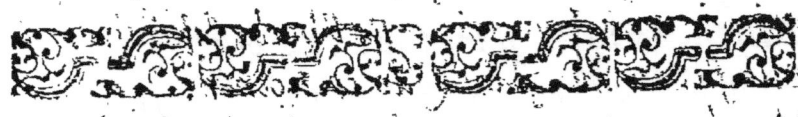

SCENE HVICTIESME
DV TROISIESME ACTE.

Lycoris.   Arcadin.

Lycoris.

DE mes frayeurs i'ay bien'eu la derniere!
Ce vieil Boucquin sortant de sa taniere
M'auoit surprinse, & sans l'inuention
I'estois sous-mise à sa deuotion
Quelle rencontre aux filles qui sont belles!
La mer le tient dans ses eaux infidelles:
Il à beau boire: au moins ie me promets
Que m'en voila défaitte pour iamais!
Vn seul soucri m'afflige la pensee,
C'est Doralis, dont ie suis oppressee.
Si Pan vn iour est iuge de nous deux
Il me voudra lien dedans ses nœuds:
Depuis le temps que Syringue inhumaine,
Dans ces forests luy donna tant de peine,
Il a toûsiours eu pitié des tourments
Et des ennuis, que souffrent les Amants:
Et sans égard que le droit il offense,

La paſſion fait pancher ſa balance.

Aurois-ie donc pour me iuger vn iour,
Vn autre Arbitre ou Iuge que l'Amour?
Amour tout ſeul des Amants eſt le Iuge:
C'eſt leur grand Roy, leur Aſile, & refuge.
Pan a le ſoin des ſimples Paſtoureaux,
De leurs brebis, leurs boucs, & leurs toreaux,
Que là deſſus ſon empire s'eſtende!
Non ſur l'Amour, ni ſur ſa belle bende.

Quand le Dieu Pan & tous les autres Dieux
Quand l'air, la terre, & l'enfer ſtigieux
Seroyent bendez à condamner mon ame
Pour delaiſſer Hylas qui ſeul m'enflamme,
Ils ne pourroyent mon courage pouſſer:
Amour eſt libre, on ne le peut forcer:
Et ſi d'Hylas ie n'ay la ioüiſſance,
Iamais Berger ſur moy n'aura puiſſance.

Mais Doralis mettra tout ſon pouuoir
Qu'vn autre n'ait ce qu'il ne peut auoir.
Ce qu'il ne peut emporter par meritte,
Il veut l'auoir par iniuſte pourſuitte:
Nouuel Amant qui veut tant preſumer
Que d'introduire vn nouuel art d'aymer:
Pour ſa fureur les Dieux il importune,
Et voudra battre à la fin la fortune.

Mais qu'il regarde à n'irriter plus fort,
Mon fier courroux, qu'il n'encoure la mort!

I'ay du courage aſſez pour m'en deffaire,
Et par le fer m'oſter ceſt aduerſaire.

   Helas! que dis-ie vn eſprit feminin
De ſa nature eſt traittable, & benin:
De Mars ſanglant il déteſte l'vſage:
Comme ennemy du meurtre & du carnage.
Le ſeul penſer auec vn prompt remords
Me fait deſia trembler par tout mon corps.

   Vn autre objet me vient en la penſee
Ie pourrois bien ſans eſtre trauerſee
De tant d'horreur, & d'apprehenſion,
Venir au bout de mon intention:
Ceſt Arcadin bouuier, qui m'importune,
Tres volontiers courra ceſte fortune:
Au moindre mot, quand il deuroit perir,
Et mille fois dans le peril mourir,
Pourueu qu'il ſçache en mourant qu'il m'oblige,
Rien n'eſt ſi dur qui le trouble ou l'afflige.

   Mais ie l'auiſe en ce vallon herbeux!
Comme il m'a veüe il a quitté ces Bœufs
Sans conducteur, il faut que ie le tente
Sur ce ſujet, & feigne eſtre contente
Qu'Amour ait pû ſon cœur empriſonner:
Et puis apres l'aiſit le gouuerner
Ses beaux deſirs, au moins qu'il puiſſe dire
Qu'il eut vn iour de bon, ſous mon empire.

   Dieu te conſerue! où t'en vas-tu Berger?

Arcadin.

Voir, ſi mes maux vous ont point fait changer.

Lycoris.

Comment changer veux-tu que ie t'oublie?

Arcadin.

Non, mais pluſtoſt que mon amour vous lie.

Lycoris.

Hé quoy! touſiours ie te trouue amoureux.

Arcadin.

Et moy touſiours voſtre cœur rigoureux.

Lycoris.

Oblige moy d'vn bien ie te ſupplie.

Arcadin.

Vn bien: dix mille, & puis au bout ma vie.

Lycoris.

Ie n'en veux tant, il ſuffiſt ſeulement
D'executer vn mien commandement :
Mais il faudroit bien garder le ſilence,
La mort y pend quãt & la connoiſſance.

Arcadin.

Les bons ſecrets ie les celles aſſez :
I'ay bon celier, mais mes vins ſont pouſſez.

Lycoris.

A tous propos tu veux gauſſer & rire:
Or en deux mots ſçais-tu que ie veux dire?

Arcadin.

Nenny vrayement: voulez-vous me baiſer.

C'eſt ce qui faut pour mes maux appaiſer.

Lycoris.

Il ne faut pas en forme de iuſtice
Que le guerdon precede le ſeruice:
Il faut ſeruir auant que meriter :
Pour le preſent il te faut m'aſſiſter,
Si tu me veux iamais rendre propice;
Et de ce pas me faire vn ſacrifice.

Arcadin.

Eſt-ce d'vn bouc, d'vn Chéuril d'vn aigneau?
N'épargneʒ pas ny maiſtre ny troupeau.

Lycoris.

Ce que ie veux eſt choſe bien plus grande.

Arcadin.

Et bien plus grand l'amour qui me commande.

Lycoris.

Iure moy donc auant que t'expoſer.
Ce mien ſecret; de ne me refuſer.

Arcadin.

Quoy que ce ſoit deuſſe eſtre ma grand vache
Il ſera fait : ſus donc que ie le ſçache.

Lycoris.

C'eſt Doralis : ce berger inſensé,
Qui par mes yeux ſe dit eſtre offencé :
Et qui ſçait bien qu'Amour n'a point de flécle
Dedans les ſiens pour me faire de breche,
Et m'imprimer au cœur d'affection:

Il a recours à la deception,
Et pense en fin obtenir par la ruse
Ma volonté, que l'amour luy refuse:
Et iour & nuict importune les Dieux
Pour m'y forcer : ce qui m'est odieux
Plus que la mort, & croy que toy qui m'aymes
N'approuueras ses gentils stratagemes.
    Aurois-tu bien le courage asseź fort
De m'en vanger en luy donnant la mort ?

Arcadin.

I'ay dans ma loge vn grand vieu loup d'espee:
La chair en deux d'vn bœuf i'en ay couppee
Ie l'arrachay par force, & par valeur,
Dedans vn bois de la main d'vn voleur:
Et ie la prends au lieu de cimeterre
Quand nous allons aux Loups faire la guerre:
C'est la ma foy l'outil pour égorger
Comme vn beau veau cest effronté Berger.
A-il le cœur & l'ame tant hardie,
Que d'offencer l'honneur de l'Arcadie?
Il en mourra, ie rougiray ma main
Dedans son sang, deuant qu'il soit demain.

Lycoris.

Berger amy, Dieu ! que ta voix est haute !
Tu ne crains point que l'on sçache ta faute :
Quelqu'vn peut estre est dans ce bois caché
Qui nous entend & sçait nostre peché.

Arcadin.

Voire ma foy ! les buissons ont oreilles ?
Vn homme mort ce sont de grands merueilles.

Lycoris.

Va donc amy : mais sur tout pren le soin
De le conduire en quelque antre bien loin,
Afin qu'aucun ne connoisse le crime :
Et là m'en faire vne belle victime :
Et derechef pren bien garde à cacher,
Ce qui nous peut estre vendu bien cher.

Arcadin.

Ouy bien à moy : car vous belle inhumaine
Faites le mal, mais i'en aurois la peine
Et d'auoir fait du fol & du badin
On se prendroit au Pasteur Arcadin :
Mais il n'importe, il n'est peril extresme
Où ie n'allasse & fusse à la mort mesme.

Lycoris.

Las ! que dis-tu ? si tu n'estois prudant
Ainsi que toy tout me va regardant
On te feroit auerer ta complice,
Et comme toy i'aurois part au supplice.

Arcadin.

Quand ie verrois l'horreur de mille feux,
Et les tourments des tyrans plus affreux
Et des Enfers ouuert le noir abysme,
Ie ne voudrois vous comprendre en mon crime :

I'adore

J'adore trop voſtre vnique beauté,
Pour vous ſous-mettre à telle cruauté.

Lycoris.

Va mettre à fin ceſte belle entrepriſe :
Ie voulois dire helas! Dieu te conduiſe :
,, Ie me dedy : câr Dieu plain de bonté
,, N'approuue point telle méchanceté
,, Mais, c'eſt l'Amour plus cruel que les Scythes,
,, Qui nous induit aux choſes illicites :
,, Comme vn Tyran il va guidant mes pas
,, Par vn ſentier que ie n'approuue pas.

Chœur.

,, Que ne peut faire vne femme méchante
,, En ſes deſſeins peruers ?
,, Tous les tourments du iuſte Rhadamanthe
,, Pour les crimes diuers
,, Ne ſont égaux à ceux-là qu'elle inuente
,, Pour aſſouuir ſa fureur inſolente.
,,   Ce qui la perd alors que la vengeance
,, La vient époinçonner
,, C'eſt que ſon cœur quand il en a puiſſance,
,, Ne ſçauroit pardonner :
,, C'eſt aux eſprits conſtants & magnanimes
,, D'auoir memoire & d'oublier les crimes.
,, Ce foible ſexe eſtant de ſa nature
,, D'humeur pour dominer
,, Fort aiſement nous peut faire vne iniure

L

„ Mais non la pardonner.

„ Dedans le sang se baigné son courage

„ Quand son pouuoir est égal à sa rage.

„　Ce grand deffaut prouient de l'arrogance

„ De ce sexe indompté

„ Qui n'a iamais si grande la puissance

„ Comme la volonté.

„ Et le desir n'estant qu'en l'indigence

„ Il a tousiours vn desir de vengeance.

„　Mais si les sœurs qui punissent le vice

„ De l'homme apres la mort

„ Vont allumant des femmes le caprice

„ Pour se vanger d'vn tort,

„ La peine donc déuroit estre intentee

„ Contre celuy qui l'auroit meritee.

„　Mais d'assommer vn homme qui desire

„ Adorer leurs beautez,

„ C'est deuancer Medee, & Dejanire,

„ En dures cruautez :

„ Car de punir des Amants variables

„ Ce sont rigueurs qui semblent pardonnables!

„　Mais Lycoris qui ne s'est allumee

„ Et ne veut se vanger

„ Que pour se voir trop ardamment aymee

„ D'vn fidelle Berger :

„ C'est vn peché que des Dieux la Iustice

„ Ne peut punir d'assez ample supplice.

Bergere ingratte épargne ta colere
Adoucy ta rigueur
Et mets à bas ce desir sanguinaire
Qui deuore ton cœur:
Et ne vas pas diffamant ces boccages
D'horreur, de sang, de meurtre & de carnages.

ACTE QVATRIESME,
SCENE PREMIERE.

Philitis. Damon. Doralis.

Philiris.

St-il possible? ô Dieux! n'accordez pas,
Qu'vn si grand crime on rencontre icy bas!
Que la fureur, la vengeance & la rage
D'vne Bergere empestent le courage?
Qu'Amour a-t pû la discorde enfanter,
Et par l'Amour la haine s'augmenter?
Ie ne sçaurois obliger ma creance
A telle histoire indigne d'apparence.
Puis ie connois l'humeur de Lycoris,
Son port, sa grace, & son petit sous-ris
Ne furent onc indices de vengeance

L ij

Croire autrement est luy faire vne offence.

   De m'alleguer que Pan veut les iuger,
Et quelle craint de se voir obliger
A ie ne sçay quelle vaine promesse,
Qu'elle luy fist de fléchir sa Maistresse:
Cela ne peut l'engager nullement :
Sçay-ie pas bien comme vint tel serment:
I'estois presente : & Dieu sçait si son ame
Estoit portee à soulager sa flamme,
Et si son cœur auoit intention
De luy voüer aucune affection!

   Et toutesfois vn bruit court depuis l'heure
Que Lycoris a resolu qu'il meure,
Et qu'vn Bouuier á pris commission
De mettre à chef ceste execution :
Sous vn espoir, qui me semble incroyable,
Qu'à son vouloir son cœur sera ployable :
Chose contraire à sa hautaine humeur:
Mais c'est le bruit, & commune rumeur.

   Dieux! s'il est vray, qu'Amour a d'iniustice!
Que de malheurs se couurent sous ce vice!
Le mettre à mort, l'ayant bien fait pastir!
Le Ciel le void & semble y consentir.

   Ie veux pourtant auant que la iournee
Ait veu sa fin par l'ombre retournee,
Donner aduis au Berger sourdement:
,, Faire au plus seur, c'est faire seurement.

„ Et l'ame est sage, apres estre aduertie.

  Quelqu'vn m'a dit qu'il auoyent fait partie
D'aller chasser à trauers ce grand ce bois.
Faut escouter si i'entendray sa voix.

Damon caché.

Où s'en va seulle en ces ombres secrettes
Ma Philiris? il faut que ie la quettes :
Car elle a fait ce dessain la sans moy :
Pourroit son cœur manquer à ceste foy
Que si souuent m'a donné sa parole ?
  S'il est ainsi, flambeaux qui sur le Pole
Allez dansant d'vn mouuement diuers,
N'esclairez plus à ce grand vniuers.
  Sans estre veu faut la suiure à la piste
Et voir en fin, où ses pieds vont si viste.

Philiris.

I'ay beau chercher, mesme où iamais ne luit
L'œil de Phœbus: ie pense qu'il me fuit.

Damon.

Comme elle va ? sa course violente
Surmonteroit celle d'vne Atalante:
Allons tousiours, ne l'abandonnons pas :
Il faut sçauoir à quoy tendent ses pas.

Doralis seul.

Ie m'attendois entrant en ces boccages :
Trouuer vn Cerf en pasture aux gaignages,
Et faire boire vne flesche en son sang,

Puis d'vn epieu luy transpercer le flanc :
Mais la iournee est pour moy malheureuse.
  I'ay rencontré quelque femme boiteuse,
Quelque muet, quelque aueugle ou bossu,
Quand ce matin du toict ie suis issu.
  Dormons vn peu sur ceste herbe menuë,
En attendant que le chaud diminuë.

Philitis.

Ie n'en puis plus! ie suis lasse du tout :
I'ay veu ce bois de l'vn à l'autre bout :
Hé le voicy! las il dort le pauure homme!
N'au Doralis? Doralis qui vient rompre mon

Damon.   (somme.

Cœur desloyal! sont-ce la les beaux vœux,
Que tu me fis me liant en tes nœuds?

Philitis.

Tu dors Pasteur pendant qu'vne autre veille,
Et de ta mort les moyens appareille.

Doralis.

Te ris-tu point, est-il vray par ta foy?

Philitis.

Il est certain. Doralis sied toy donc pres de
Chaste Bergere, & l'histoire me compte, (moy
Qui veut ma mort, il recherche sa honte.

Damon encore caché.

Pere Ocean au dos porte-batteaux,
Va nourrissant la flamme dans tes eaux :

Vn cœur perfide où i'auois esperance
Est deuenu le iouet d'inconstance!   (yeux?
   Mais las! que dis-ie, où suis-ie? où sont mes
Me trompent-ils de mon bien enuieux?
Sont-ils ouuerts? où si dessous ses ombres
Les va pressant l'horreur des nuicts plus sombres?
Las! pleust à Dieu qu'vne nuict desormais
Les tint fermez pour ne luire iamais!
   O détestable! & maudite Bergere!
Et plus maudite encore ta foy legere!
Ne tarde plus embrasse ce Pasteur!
Car aussi bien ton crime, & son Autheur
Seront conneus, & d'vne voix hardie
Ie le diray par toute l'Arcadie:
A tous Bergers ie l'iray publiant;
Afin qu'aucun n'aille pas l'oubliant
Et que la honte en toutes parts te suiue:
   Vilaine, ingrate, inconstante & lasciue,
Ie te faisois trop d'honneur de t'aymer:
Et tu m'en rends vn guerdon bien amer.
   Mais que tarday-ie? il semble que ma veuë
D'vn tel objet soit doucement repeuë
Que ie consente au crime perpetré?
Comme heureux d'estre ainsi bien r'encontré:
Va consommer ta flamme illegitime.
Vn repentir suiura bientost ton crime.

Philiris.

Ecoute donc: la belle Lycoris,
Dont à grand tort les beautez tu cheris,
Ne t'ayme point comme tu peux connoistre,
Te l'ayant fait moy presente, paroistre:
Bien que depuis i'ay fait ce que i'ay peu
Pour en son cœur allumer quelque feu,
Mais ie n'ay fait auec tout mon langage
Que l'irriter contre toy d'auantage.

Comme elle a sçeu que Pan vouloit iuger
Ce different & craignant le danger
Dessous tes loix de ce voir asseruie,
Elle a gagé pour terminer ta vie
A ce qu'on dit vn rustre de Berger:
Pren t'en donc garde, & fuy de ce danger.

Doralis.

Ie ne sçay pas: elle est fort inhumaine:
Et tous mes feux glacent sa dure haine:
Mais toutesfois de croire que ma mort
Elle procure, & luy plaise si fort:
I'ay de la peine à penser telle chose:
Soit ou ne soit, tout mal ie me propose.

Philiris.

Tu dois pourtant conseruer tes beaux iours,
Pour le plus tard en acheuer le cours.

Doralis.

,, Las! qu'as-tu dit, ô gentille Bergere?

„ Il n'eſt au monde vne telle miſere
„ Que de traiſner ſes miſerables ans
„ Quand les malheurs les rendent mal-plaiſans!
„   Celuy qui vogue au gré de la tempeſte,
„ Sans eſperer d'en preſeruer ſa teſte,
„ N'a pas grand peur ſi le premier rocher
„ Briſe ſa nef, & meurtrit le nocher :
„ Qui doit perir dans le fort de l'orage,
„ Doit iuſtement deſirer vn naufrage.

Philiris.

Quand tu voudrois le tombeau rechercher,
C'eſt mon deuoir que de t'en empeſcher :
Et ne dois pas t'offencer à perſonne,
De ceſt aduis qu'à preſent ie te donne :
Autre loyer de toy ie n'en attens.

   Mais cependant ie tarde vn peu long temps,
Et ne voy pas que ſur noſtre hemiſphere
Bien toſt luira veſper l'eſtoille claire :
Et que ma trompe errant parmy ces champs,
Peut eſtre proye à quelques loups méchans:
Adieu Paſteur! Doralis. A dieu chaſte Bergere!
Bien que la mort ſoit fin à ma miſere,
Et l'Antidote à mon dueil vehement :
Ie tiens bien cher ton aduertiſſement.

   Ne laiſſons pas de repoſer encore
Sur le tapis de la mignarde Flore:
I'eſtois priué depuis beaucoup de nuits

Du doux sommeil qui charme nos ennuis :
Et c'est merueille à present que ses chaisnes
Ont pu lier mes douleurs & mes peines.

Mes compagnons, au fonds de ces forests
Ont beau garder nos panneaux, & nos rets,
Si le bon heur n'accompagne leur chasse,
Ils me diront cause de la disgrace.

Mais ie retourne à ce mauuais dessain
Que Lycoris a mis dedans son sain :
Ie m'en estonne! & ne croy qu'vn visage
Si doux & beau, cache vn cœur si sauuage!
Ie me repens de la faire traitter
Par deuant Pan: ce n'est que l'irritter :
Car aussi bien malgré toute contrainte
De son vouloir dépend son amour sainte.

Que donc mon cœur sans espoir de secours
Soit tourmenté le reste de mes iours !
Et que la mort à la fin me deuore
Auant qu'on force vne que tant i'honore
A m'espouser: son repos m'est trop cher :
I'ayme bien mieux mourir que la fascher !

Et si ie vais dans ceste creuse roche
Où le Dieu Pan au pied bouquin & croche
Au front cornu, fait auiourd'huy seiour
Ce n'est pour estre arbitre de l'Amour !
Ie ne veux point auoir autre refuge
Qu'à Lycoris, c'est mon souuerain iuge.

SCENE SECONDE
DV QVATRIESME ACTE.

Arcadin.　　Doralis.

Arcadin.

IE n'en puis plus! ie suis las de chercher!
,, Que faire mal, est vn trauail bien cher!
Et pensez vous la recompense grande
Que donnera ceste belle gallande
Quand i'auray mis à la mort son Berger?
　N'importe pas, il m'en faut d'gager!
Voici pourtant la retraitte plus sombre
Où ie l'ay veu se reposer à l'ombre,
Quand la chaleur le faisant dégouster
Sous ces fouteaux le sembloit imiter.
　Qu'il fust icy! la place est écartee!
J'aurois bien tost ma charge executee
Le coup seroit maintenant accomply
Sous la faueur de silence, & d'oubly.
　Hé le voicy! rencontre fortunee!
Dieu comme il dort! sa noire destinee
La pour victime amene dans mes mains!
Bel amoureux, vous payerez les dédains

De Lycoris, l'idole de voſtre ame!
Ie vous vay bien bailler vne autre femme!
C'eſt bien raiſon: allons pourtant tout beau!
Il faut lier ſes bras de ce cordeau!

   Le voila bien! mais dépeſchons nous vitte
Lyons ſes pieds pour empeſcher ſa fuite.

Doralis.

Que veux-tu faire ô ruſticque villain?
Quel eſt ton but, aſſaſin inhumain?
Pour me lier pieds & mains en la ſorte?
Veux-tu tuer vne perſonne morte?
Es-tu voleur? vas-tu donc meurtriſſant
Les Paſtoureaux, ou le premier paſſant,
Que ſon malheur en ton chemin ameine?
Fais-tu la guerre à la nature humaine?
Sans eſperer autre bien que leur ſang?

   Que ſi ton fer s'enfonce dans mon flanc
Croyant trouuer ſur moy notable ſomme,
Tu te fais bien paroiſtre vn méchant homme
Pouuant tout prendre & libre en diſpoſer
Sans me venir à la mort expoſer.

   " Bien qu'en ces bois, la maiſon du ſilence,
" Aucun ne voye vne ſi noire offence:
" Ne penſe pas qu'vn Acte ſi méchant
" Deſſous la nuict touſiours s'aille cachant:
" Ces cheſnes verds, dont la cyme eſt ſi haute
" Seront teſmoins quelque iour de ta faute:

                            " Puis

,, Puis le grand Dieu, qui vange les forfaits,
,, Te punira du tort que tu me faits :
Auparauant que ton cousteau s'imprime
Dedans mon sang, pense quel est ton crime!

Arcadin.

Tout est pensé! l'inutile terreur
De tous les Dieux ne me fait point horreur
Ny leur tonnerre & tout autre supplice,
Et moins encor des hommes la iustice:
Et quand l'Enfer auec eux seroit ioinct,
I'ay resolu d'en venir à ce poinct.
Tu peux iuger, si tu n'as la folie
Dans le cerueau, qu'en vain ie ne te lie:
Et qu'en mon cœur i'auois tout approuué,
Auparauant que ie t'eusse trouué.
Et ne croy pas que ce soit ta richesse,
Qui met l'acier dans ma main vengeresse:
Tu me fais rire en me parlant d'argent,
Et m'estimant quelque pauure indigent.
Si ce n'estoit que tu n'as plus affaire
D'or ny de biens, don ie t'en voudrois faire,
,, Il ne te faut qu'vn denier à Charon
,, Pour te passer le fleuue d'Acheron.

Doralis.

Qu'à tout le moins, ô brutalle personne,
Auparauant que ta rage felonne
M'ait enuoyé dessus le dernier bord,

M

Ie ſçache donc, la cauſe de ma mort:
Car ie ne penſe, en ma douleur profonde,
Auoir fait tort à perſonne du monde.

Arcadin.

Tu le ſçauras: mais attens donc vn peu
Qu'à ce lien i'aye encor fait vn nœu.
   C'eſt Lycoris, qui ſe plaint irritée
D'eſtre par trop indignement traittée;
Lors que tu veux mal aduiſé, forcer
Ce que Dieu, libre à voulu nous laiſſer.
Tu veux l'induire aux loix de mariage
Et faire plus que ne veut ſon courage
C'eſt l'offenſer par trop cruellement:
Ie te veux bien marier autrement:
Ie te vay faire vn bel Epithalame,
Et te donner Proſerpine pour femme.
Il n'y a pas de Bergere en effeſt,
Qui meritaſt vn homme ſi parfaiſt.
   Voila Berger, le ſujet qui me meine!
Car Lycoris pour t'affranchir de peine,
M'enuoye exprès te donner le treſpas,
Et tu ſçais bien que ie n'y faudray pas.

Doralis.

C'eſt Lycoris? helas à la bonne heure!
Ma Lycoris deſire que ie meure
Et ſur ma mort eſt fondé ſon deſir?
Mourons heureux puis que c'eſt ſon plaiſir.

Ie te supplie, & mesme te conjure
O cher amy, d'oublier ceste iniure
Que ie t'ay ditte, émeu de passion,
Et du sujet de ta commission.

Quiconque vient de la part de ma belle,
Bien qu'il m'apporte vne dure nouuelle,
Iamais ne peut estre le mal venu!

Ouy cher Amy, dépoüille moy tout nu,
Rends de mon sang ces herbes incarnates
Mais garde bien que tes armes ingrates
Outreperçant mon corps par leur rigueur,
De leur acier ne touchent pas mon cœur,
De peur helas! que sa figure aymee
Que i'y graua, n'y puisse estre entamee!

Apres ma mort, prens luy pour l'ay poster,
Pour luy complaire, & pour sa contenter,
Ce luy sera pour le moins tesmoignage
De mon seruice, & de ton bel ouurage,
Elle y pourra remarquer son pourtrait,
Et le doux coup que ces beaux yeux m'ont fait

Arcadin.

Sont ce point là tes paroles dernieres?
Depesche vn peu, car i'ay d'autres affaires.

Doralis.

Bien peu s'en faut : ie me plains seulement
Qu'auparauant qu'entrer au monument
Ie ne luy dis vn adieu pour conclurre

M ij

Le triste cours, de ma triste aduenture,
Ce seul regret me vient accompagner.
En mon trépas, & de pleurs me bagner :
Mais tu peux bien m'adoucir ceste peine,
Quand de ma mort tu la rendras certaine.

　Conte luy donc qu'allant dessus les bords
Où Pluton tient l'empire sur les morts,
Ie n'ay regret que d'absenter la flame
De ses beaux yeux doux Soleils de mon ame :
Que ce seul poinct, est mon seul déconfort,
Qui me fera mourir après la mort.

　Pour le surplus ie veux bien qu'elle sache,
Que mon trépas nullement ne me fache,
Bien que ce soit par son commandement.
Pourueu qu'il vienne à son contentement :
Ie luy pardonne, & de bon cœur coniure,
Les iustes Dieux autheurs de la Nature,
Vengeurs du tort, qu'aux innocens on fait,
De pardonner comme moy son forfait.
Et que l'oubly sous son eau trouble & noire,
Puisse en cacher aux hommes la memoire !

　Puisse ma mort eslongner son trépas !
Puissent les fleurs naistre dessous ses pas !
Puissent les ans par leurs courses rapides,
Iamais son front ne semer de leurs rides !
Puisse vn Hilas qui la peut allumer
Ne mourir point, ou bien mourir d'aymer !

Et tout le mal que le fort leur procure
Puisse tomber dessus ma sepulture!

Or sus Amy, ie n'ay plus à parler!
Ie t'ay tout dit! veille vn peu consoler
Mon ame triste, à cause qu'elle absente
A tout iamais ma Bergere excellente!
Et si pitté loge encor dans ton cœur
Accorde moy pour derniere faueur
Pour satisfaire à mon ardante enuie
Qu'a deux genoux ie finisse ma vie;
Et que ie meure en regardant les Cieux,
Pour implorer l'assistance des Dieux!

Arcadin.

Dieux! que ie suis maudit, & miserable,
D'oster la vie à ce Pasteur aymable!
Il faut bien dire en voyant ma fierté
Qu'vne Ourse m'ait dans ces bois allaitté
Que i'ay succé le sang d'vne Vipere,
Ou bien qu'vn Tygre aux deserts fut mon pere!
Puis que ie puis pour l'apetit vanger
D'vne inconstante, assommer vn Berger.

Doralis.

Dieux immortels! & de qui la nature
Est, d'estre doux à toute creature!
Et qui n'auriez icy bas des autels!
Si vos bontez n'exauçoyent les mortels!
Ie vous supplie au nom de ceste grace

La Princesse,

Tousiours propice à nostre humaine race
Et pour mes pleurs, mes regrets, & mes cris
De pardonner ma mort à Lycoris
Et si son crime est digne de vengeance
Et que quelqu'vn en face penitence,
D'auoir ouuert par le glaiue mon flanc
Lauez sa faute aux sources de mon sang!
Car c'est mon tort, & Lycoris fâchee
Tres-iustement ma mort a recherchee.

Arcadin.

Non pas de moy: car si proche est ta fin
Ce ne sera par les mains d'Arcadin.
Ceste complainte & ces regrets funebres
Auroyent fléchy les ames plus celebres
En cruauté: mon cœur né sans pitié
Mollit au feu de ta belle amitié
Ie ne sçay plus que c'est qu'estre homicide
Et Lycoris ne me tient plus en bride:
Ie l'abandonne, & confesse qu'à tort
Elle a voulu te procurer la mort.
I'ay voulu faire vne faute bien grande
Amy Pasteur, pardon ie t'en demande
Tout de ce pas ie voy te deslier
Et te supplie aussi de l'oublier.

Doralis.

Ce n'est pas là comme il faut satisfaire
Au mandement que ta fait ma Bergere!

Arcadin.

N'importe pas. Doralis. *Non, non acheue moy:*
Tiens luy parole & conſerue ta foy
Mais garde bien en luy contant l'hiſtoire
De mon treſpas, de la rendre notoire
A quelque tiers, qui penſant m'obliger
Allaſt ma mort par ſon treſpas venger!
  Ce me ſeroit vn mal inſupportable
Que mon malheur la rendiſt miſerable!

Arcadin.

Ne me vien plus plaider pour ton treſpas!
Tu veux mourir, les Dieux ne veulent pas!
Voudrois-tu bien leur faiſant reſiſtance
Armer mon bras contre ton innocence?
Mais ſçais-tu bien ou ie viens de ſonger
Qui nous pourra tous trois dés-obliger?
  Faignons ta mort: il me ſera facille
Allant trouuer ceſte cruelle fille,
De luy monſtrer ce funeſte couſteau,
Auparauant teint au ſang d'vn Aigneau,
Et luy conter que ſuiuant ſon enuie
I'ay mis à fin ta languiſſante vie
Et que le teint qui rougit ſon trenchant
Eſt le témoin de ceſt Acte méchant.
  Et pour donner couleur à ceſte fable
Va te cacher en quelque antre effroyable
Et te retire aux bois plus écartez

Que nos Pasteurs n'ont iamais frequentez,
Ie suis tout seur que la commune plainte
Qui se fera dessus ta vie étainte
Et tant de pleurs dont tous les Pastoureaux,
Du clair Ladon iront grossir les eaux,
Feront mollir le roc de son courage :
Et que seulette au fraiz d'vn mol ombrage,
Ses cruautez ne pourront empescher
Qu'vn repentir ne la vienne toucher.
    Et si ie voy qu'elle en soit en ceruelle
Ie viendray tost t'en dire la nouuelle,
Et ferons tant que par ta feinte mort,
Nous conduirons ton esperance au port
Où de long temps elle aspire à se rendre.
    Trouues-tu bon l'aduis que ie veux prendre?

Doralis.

Ce que tu veux, il me faut l'approuuer,
Non par espoir d'allegeance y trouuer,
Mais seulement pour t'exempter du blame
D'auoir commis vn acte tant infame.
    Va donc Amy, va t'en la contenter
De ce plaisir qu'elle aura d'écouter
De mon trépas l'agreable nouuelle :
Au moins dy luy combien ie suis fidelle :
Et que le coup dont sa dure rigueur
A transpercé les veines de mon cœur,
Me plaist bien mieux que n'eust pas fait ma vie,
D'vn fier mespris, & de haine suiuie.

SCENE TROISIESME,
DV QVATRIESME ACTE.

Satyre.

Ve les braſiers des caues infernalles
Puiſſent roſtir les femmes deſloyales!
Puiſſe la mort le ſexe exterminer
Et Rhadamante aux Enfers les damner!
Que tous les maux qui courent par la terre
La peſtilence, & la faim & la guerre,
Le flus de ſang, les catharres, les cloux,
Le mal qui fait que transformez en loups,
Les hommes vont raudant les nuicts entieres
Par les carfours, & par les Cimetieres,
Que la fureur, qui bruſlant le cerueau
Fait au malade en horreur auoir l'eau,
Que les preſents que la boëtte feconde
D'vne Pandore enuoya par le monde:
Ainſi qu'vn champ à deſſain aſſemblé
Puiſſe tomber ſur ce ſexe endiablé:
Sexe maudit, qui pourroit vn iour faire
De ce grand monde vn deſert ſollitaire.
Bruſlant orage, ou les plus belles fleurs
De vos beaux ans, fleſtriſſent leurs couleurs!

Inuention pour ſemer la diſcorde
Entre deux cœurs qu'vn ſainct Amour accord
Art pour tromper, ſcience à deceuoir,
Qui veut tout faire excepté ſon deuoir:
Des inſenſez là malheureuſe Idole!
Le vain abus de la ieuneſſe folle:
Erreur des cœurs, des ames le poiſon,
Bourreau du droict, tiran de la raiſon:
Feu qui luid, clair, afin qu'il nous conſomme,
Fardeau peſant, inſupportable à l'homme,
Mal neceſſaire à celuy ſeulement
Qui court les champs, priué de iugement:
Cercueil blanchy qui ſous ſa bonne mine,
Ruine, perte, & la mort nous machine:
Animal fier, ſuperbe, audacieux,
Le deshonneur de la terre, & des Cieux.
    Sexe vilain, voila vos Epithetes!
Voila dépeint au vray ce que vous eſtes,
Et penſe auoir de vous bien merité,
Vous ayant dit ſi bien la verité.
    La Catoblepe, aux Negres trop connuë,
Tant de venin recelle dans ſa veuë,
Que ſon regard peut donner le treſpas:
Auſſi Nature a penché contre-bas
Sa lourde teſte, & non haut redreſſee,
Car noſtre race en euſt eſté bleſſee:
Mais ſon courage euſt eſté plus benin

Si nous cachant le sexe feminin,
Iamais à nous n'eust paru ce visage
De qui l'aspect porte vn si grand dommage,
Et de qui l'œil quand il nous vid plus fort,
Leur cœur dessous nous machine la mort.

　　Quiconque oit dit que la femme inhumaine
Nous fut donnée à tromper nostre peine,
Monstra qu'il fut dépourueu de raison.

　　L'homme qui loge vn Hydre en sa maison,
Et dans son sein échauffe vne vipere,
Ne fait point chose à son heur plus contraire,
Que fait celuy qui met à ses costez
La femme née aux ordes voluptez :
Femme penchante & portée à tout vice,
Et le retraict de fraude, & de malice.

　　L'homme est subjet à beaucoup de malheurs,
D'ennuis, de maux, de pertes, & douleurs :
Mais il vient plus d'opprobre & de diffame
Par la malice & ruse d'vne femme
Que par l'effet de toutes les rigueurs
Dont le destin tyrannise nos cœurs.

　　Race maudite, engeance de vipere !
Punition de nostre premier pere !
Comme la mort, la peste, & les serpens :
De vostre amour trop tard ie me repens !
,,　　C'est vn peu tard : mais vne repentance
,,Est profitable à la perseurance !

Le fier amour qui m'a tirannisé
Deuroit me rendre vn peu mieux aduisé
Car i'ay couru dans l'amoureuse lice
Tout ce qu' Amour a de fine malice
Et tout cela qu'vn cerueau feminin
A dans l'esprit de peste & de venin.

    Premierement i'aymois vne Myrthine,
Vous eussiez dit que sa grace enfantine
N'eust pas conneu le noir d'auec le blanc,
Pendant ses yeux m'auoyent percé le flanc.
Par ces deserts l'errois comme sauuage,
Et bien-heureux d'adorer son visage,
Ie n'esperois de mon feu vehement
Que bonne yssuë & tout contentement.

    Dans ces vallons côme vn Bouuier champestre
Ie conduisois ses troupeaux pour les paistre,
Tandis qu'au lict la galande dormoit:
Et puis au soir quand la nuit se fermoit,
Sans qu'il manquast aigneau, ny brebiette,
Ie les guidois dans sa basse logette:
Ainsi des loups ie les luy deffendois,
Et sans salaire encor ie les gardois.

    Sçauez vous bien pour vn si long seruice,
Ce qu'a la fin m'a donné son Caprice?

    Ainsi qu'vn iour, boüillant de passion,
Ie la pressois de son affection,
Et d'estre douce à ma douleur amere:

Voicy

Voicy le tour que me fit la commere.

Dessus vn puiz elle estoit sans vaisseau,
Et lors feignant que faute d'vn peu d'eau
Dont la chaleur rendoit sa soif ardante,
Elle restoit plus morte que viuante.

Fol que i'estois, bien dire ie le puis,
Pour en puiser ie descends dans le puiz,
Me suspendant par le bout d'vne corde.

Lors la méchante, & sans misericorde,
Lache le bout au lieu de me tirer:
Rien ne seruit crier, & souspirer,
Blamant mon ame ainsi mal aduisée:
Elle tournoit tous mes pleurs en risée.

I'y beus mon saoul, & sans vn laboureur,
Me débattant à qui ie fis horreur,
Qui m'assista par bonne destinée,
C'estoit sans plus ma derniere iournée.

Apres auoir couru tous ces perils
Mon cœur fut prins des yeux de Philiris,
Et regardez apres vn tel naufrage,
S'il estoit temps que ie deuinse sage.

Ce n'est pas tout pour deux ans dependus
A son seruice, & mille pas perdus,
Comme i'estois à la prier de prendre
Pitié des pleurs que i'estois las d'épandre
Elle s'écrie, & voila tout soudain
Sur moy courir vn Berger inhumain,

Nommé Damon, qui poussé d'vne rage
De mille coups guerdonna mon seruage
Et disloqua mes membres languissants:
Quand le temps change encore ie m'en sens.
　　Puis maintenant regardez l'aduenture
Que m'a donné la noble creature
De Lycoris, pour aymer son muzeau?
Ceste putain m'a fait tomber dans l'eau:
I'ay beu ma foy d'vne volte importune
A la santé du bon pere Neptune:
Et sans vn roc où m'ont poussé les flots
Ie demeurois dans leurs gouffres enclos.
L'éceruelee, inhumaine, & traitresse,
M'a fait ioüer vn beau tour de souplesse,
Et c'est ainsi, quand on s'y va frotter,
Qu'en son école on apprend à sauter.
　　Morbleu, que l'eau de la mer est sallee!
I'en ay la teste & la barbe moüillee:
Et par le corps tout le poil dégouttant.
　　Si quelque iour ie t'en puis faire aytant
O Lycoris, desloyalle & pariure
I'auray raison d'vne si grande iniure.
　　Mais dites-moy qui n'eust esté trompé?
Mopse son pere, estoit sans plus frappé
D'vn fort grand mal, dont mort fust ensuiuie,
Et par vne herbe on luy sauuoit la vie.
　　Perfide esprit! Mopse n'est que trop sain

Mais tu cachois ceste ruse en ton sein
Pour me noyer, & de moy te deffaire!
Mais garde bien, comme c'est l'ordinaire
De retomber vn iour a ma mercy,
Tu n'irois pas hors de mes mains ainsi!

SCENE QVATRIESME,
DV QVATRIESME ACTE.

Arcadin.   Lycoris.

Arcadin.

R sus Bergere! il faut me satisfaire!
Nostre homme est mort! ie l'ay mis au re-
D'où, comme on dit, iamais on ne reuient! (paire
Or cependant tandis qu'il m'en souuient
Il faut vn peu contenter mon seruice
Qui vient de faire vn si beau sacrifice.

Lycoris.

Auparauant que de te contenter
Encor faut-il l'histoire me compter:
I'ay si grand peur que ce soit vn mensonge,
Que ton raport ne me semble qu'vn songe.

Arcadin.

Si tu pensois d'vne incredulité

payer sa mort, & ma fidelité
Ie n'entens pas à telle raillerie:
Voy donc vn peu cest acier ie te prie,
Et reconnois au sang qui la trempé,
Que de mes mains il n'est pas eschappé:
I'en tremble encor: car au meurtre & carnage
Ce premier coup est mon apprentissage:
Mais si iamais homme fut estonné
C'est d'auoir veu comme il a terminé
De ses beaux ans la carriere fatalle:
Car en entrant sous la mort froide & palle,
Comme Deesse il t'alloit reclamant,
Et protestoit qu'il mouroit en t'aymant.

Lycoris.

Que me dis-tu? son amoureuse enuie
L'a donc suiuy iusqu'au bout de sa vie?
S'il est ainsi, tu ne luy comptas pas
Que de ma main luy venoit le trépas:
Mais compte nous au long toute l'histoire:
Tant plus sa mort tu me rendras notoire,
Tu me feras vn signalé plaisir.

Arcadin.

Et ta vengeance, & ton cruel desir
Deuroyent finir en sa mort, ce me semble:
Ta cruauté fait que d'horreur ie tremble.

Lycoris.

Tu n'es qu'vn fol, berger, tu ne sçais pas.

A quel repos me conduit son trépas?
Puis qu'il est mort, & qu'Hylas ie possede,
Ie ne crain point qu'vn malheur me succede:
Mais compte nous vn peu cher Arcadin,
Ta diligence, & ce qu'il dist en fin.

Arcadin.

C'est donc Hylas qui le profit remporte,
Sans coup ferir, d'vne personne morte?
Ie n'entens pas en ce poinct l'obliger.

Lycoris.

Ie me trompois, ô cher amy Berger:
La ioye a fait où mon ame est trans-mise
Sans y penser que ie me suis méprise:
Acheue donc ton discours entrepris
Pour contenter mon cœur, & mes esptits?

Arcadin.

Ie le feray: mais estant hors d'haleine,
Comme tu vois ie parle encor à peine:
Car n'estant point au meurtre accoustumé,
Ce premier coup me rend tout alarmé.

Comme i'euz prins ceste charge importante
De l'enuoyer sous la nuict pallissante
Où sur les morts Pluton donne ses loix:
I'allay soudain au fons de ce grand bois:
Car on me dist qu'il alloit d'ordinaire
Faire la chasse en ce lieu solitaire.

Comme i'allois par tout le recerchant:

Vous eussiez dit que son destin méchant
Auoit liuré dans mes mains le pauure homme:
Ie le trouuay saisi d'vn pesant somme:
Auprés de luy gisoyent nonchalamment
Son arc, ses traicts, que ie prins vistement:
Car i'auois peur qu'il ne m'en fist outrage:
,, Il faut tousiours choisir son aduantage.
Puis ie connois son courage hautain,
,, Estre plus fort est bien le plus certain.

   Lors sans tarder d'vne corde bien forte
Ie luy liay pieds & mains, en la sorte
Que l'on feroit vn innocent aigneau,
Que le boucher destine a son cousteau.

   Mais a la fin, à force de l'étraindre,
Ie romps son somme, & lors sans plus me feindre,
Ie prens ce glaiue, afin de l'enfoncer
Dedans ses flancs, & son cœur en percer.

   Alors en vain tachant a se deffaire,
Et d'échapper à mon bras sanguinaire,
Et ne pouuant: il me dist: inhumain,
Pourquoy mon sang rougira-t'il ta main?
D'où te prouient ceste mortelle enuie?
Las! pren mon bien, & me donne la vie:
Ou pour le moins dy moy que t'ay-ie fait
Pour entreprendre vn si lache forfait?

   Ie luy respons: Berger, ce n'est la haine
Que ie te porte, ou la richesse humaine.

Qui me conuie à me vanger de toy:
C'est seulement pour dégager ma foy
Qu'à Lycoris auiourd'huy i'ay donnee,
De faire voir le soir à ta tournee:
N'espere donc ny pitié, ny confort:
Car i'ay iuré, comme elle aussi, ta mort.

　Que penses-tu que ce Berger d'eust dire,
Quand il connut ton courage, & ton ire?
Et que tes yeux, causant son déconfort,
Ne le vouloient guarir que par la mort?

　Comme celuy qu'vn barbare sauuage
Feroit bruler, pour tesmoigner sa rage,
Au lieu de blâme, au tyran rigoureux,
Diroit sa gloire, & beniroit ses feux.

　Il commença d'vne façon estrange,
Voire incroyable, à chanter ta loüange;
Et d'implorer les grands Dieux que le tort
Que tu faisois, s'effaceast par sa mort:
Luy qui deuoit leur presenter requeste,
Pour écraser ton chef de leur tempeste.
Mais c'est qu'Amour pressant son pauure cœur,
A son deuoir preferoit ta rigueur.

　Puis il me dist: contente mon enuie,
Cher Arcadin, à la fin de ma vie:
Fay-moy ce bien que ie puisse baiser
Ce fer aymé, dont tu vas diuiser
D'auec mon corps mon ame languissante:

Et garde bien que ta lame sanglante
Perceant mon cœur n'offense le pourtraict
De Lycoris, qu'Amour fist de son traict.
Et si tu peux apres l'heure derniere
Va le porter à ma douce meurtriere:
Et la coniure en mon nom, d'estimer,
Que ses beaux yeux m'ont forcé de l'aymer.

Bien plus long-temps m'eust estourdy sa plainte,
Si sa douleur eust pu vaincre ma crainte:
Mais redoutant de quelque homme l'abord,
Ie terminay son discours par la mort:
Mais sans mentir, il faut que ie confesse,
Que ce ne fut sans un peu de tristesse,
Et que voyant son sang rougir les fleurs
I'eus de la peine à retenir mes pleurs.

Et me permets, que ie dise, ô Bergere,
Que si tu veux, comme chose legere
Tes amoureux au cercueil enfermer:
Tu n'auras pas grand presse pour t'aymer.

Lycoris.

Pour tout le monde une loy n'est commune:
Mais Doralis dont l'amour importune
Ne m'eust iamais laissé viure en repos,
Sa mort me plaist, & vient fort à propos.

Pan. Auparauant caché, qui se découure,
Non pas pour toy, detestable ennemie!
Tygre cruelle, inhumaine Lamie!

N'espere pas que le sang épandu
D'vn innocent, ne soit pas entendu.
  O malheureux, & miserable engeance,
Il crie au Ciel, & demande vengeance!
Ie la feray: le sceptre de ces champs
Me fut donné pour punir les meschans!
  Le villain Rustre, à qui ta fierté rare,
A fait commettre vn acte si barbare,
Que tu voulois pour son salaire aymer,
Pour plus au monde encor te diffamer'
Te seruira dans vne ardante flamme:
Deuant chacun, de compagnon infame.
  Sus ô Siluains, Satyres, Agypans,
Dessus ces monts, comme chéures rampans,
Conduisez moy ceste charongne morte:
Et la serrez dans vne prison forte:
Toutes les morts que l'on peus inuenter
Seront trop peu pour me la tourmenter.

                Lycoris.
Dieu des Bergers! qui connois en ton ame
Que c'est d'amour, & de sa viue flamme,
Pardonne moy la mort de ce Pasteur!
Si i'ay failly, l'amour en est l'autheur!

                  Pan.
Que ie pardonne à ta faute maudite?
Plustost les Cerfs viuront dans l'Amphithrite,
Et les Dauphins sur leur ventre écailleux

Iront rampant par ces monts sourcilleux !

　　Tu seruiras ô monstre, en la nature,

D'vn vif exemple à la race future !

Et nos neveux qui ton forfait orront,

A tout iamais tes cendres maudiront:

D'auoir, cruelle, attenté sur la vie

D'vn qui t'aymoit & qui t'auoit seruie,

Et qui mourant approuuoit à grand tort

Ton sale crime & pardonnoit sa mort !

Dure rigueur ! indigne felonnie

Des Ours cruels & Tygres d'Armenie !

　　Mais ie te vais vn supplice gardant

En quelque sorte au meurtre respondant:

Pour auoir en la glace dans ton ame

Tu brûleras dans vne ardante flâmme !

　　Ostez la moy: ie ne puis supporter

Ce que l'Enfer doit mesme detester !

SCENE CINQVIESME
DV QVATRIESME ACTE.

Arcadin.

E N quel peril, vertu-chou, viens-ie d'estre?

,, Les pieds sont bons quâd ils sauuent leur
　　　　　　　　　　　　　　　　　　(maistre,

Il m'a bien prins de pouuoir mieux courir
Que ces siluans, car Pan m'euft fait mourir!
I'allois rauder aux riues de Cocythe,
Où plus au feu ne boult vne marmitte,
C'eft où ie suis tous les iours empefché:
Digne mort-bleu! cela m'euft bien fafché!
Tenant cela pour bien incomparable
Bon lit, bon vin, grand chere, & bonne table!
Cela vaut mieux que d'errer fur les bords
De l'Acheron, auec les pauures morts!

Que m'euft feruy de raconter la fable
De cefte mort? ie n'euffe efté croyable:
Où si ie puis ramener ce Berger,
On voirra bien que i'eftois menfonger!

Cherchons le donc: puis que de fa prefence
De Lycoris dépend la deliurance:
Pan eftant droiEt, venger ne voudra pas
Vne mort feinte auec vn vray trépas.

„ Qu'il fait mal croire au côfeil d'vne femme!
Si d'vn tel fait i'euffe foüillé mon ame,
I'eftois perdu! tous les Dieux & le fort
Ne m'euffent pas exempté de la mort!
Ie fuffe mort en bonne compagnie:
It Lycoris ainfi que moy punie

„ Voila que c'eft que de faire du veau
„ Et d'alterer fon ame en fon cerueau,
„ Pour vne femme, à qui tous nos feruices

,, Seruent de farce à ses maudits caprices!
　Il faut pourtant quoy qu'il doiue arriuer
Bien promptement tascher à le trouuer:
Pensez qu'il a l'ame bien empeschee
Si de sa mort sa Bergere est touchee.

SCENE SIXIESME
DV QVATRIESME ACTE.

Philiris.　　Damon.

Philiris.

Oicy venir le iour de mes esprits!
Il tourne arriere! ho d'où vient ce mépris
Veux-tu sonder Damon si ta Bergere
Pour t'honorer, est constante, ou legere?

Damon.

Ha! desloyalle! oses-tu me parler!
Ton cœur peut-il ainsi dissimuler?
Tu fais languir ma fidelle constance
Pendant qu'vn autre en a ta iouïssance?
Va t'en maudite, élongne toy soudain!
Toute ma flamme est changee en dédain.

Philiris.

Philiris.

Pere Ocean, qui tout ce monde enserre
Dont le Trident peut esbranler la terre :
Fay que tes flots ne s'entre-heurtent plus !
Sois desormais sans flus & sans reflus !
Et vous grands Dieux qui gardez l'innocence,
Iugez ce tort, & m'en faites vengeance!

Damon.

O l'innocente ! il faut estre sans yeux,
Pour ne voir point ses traits malicieux !

Philiris.

Qu'ay-ie commis? dy moy ne me le celle,
Qui doiue ainsi me rendre criminelle ?
Ie n'ay rien fait contre les loix d'Amour ?
Ce grand Soleil qui tournoye alentour
De l'vniuers, aux mortels équitable,
Sçait bien lequel de nous deux est coulpable,

Damon.

Sexe impudent ! mais regardez vn peu !
On iugeroit qu'elle n'auroit rien veu !
Dieux immortels ! qu'vn homme est miserable,
Qui met sur soy ton joug insupportable!
Il vaudroit mieux estre esclaue, & ramer
Sous vn corsaire, au milieu de la mer.

Philiris.

Donc sans connoistre, ô pauure infortunee,
Si i'ay failly, ie seray condamnee;

Ton cœur aura l'aduantage sur moy
De me gesner sans me dire pourquoy.
Vn criminel a bien plus de licence,
On lit son crime, en lisant sa Sentence.

Damon.

Si tu voulois tes vices me cacher,
Il falloit donc ces deux yeux m'arracher :
Ils sont tesmoins de ta faute aduenuë.
Las! pleust aux Dieux auoir esté sans veuë?

Philiris.

Puisse l'enfer s'ouurir, & m'abismer,
Si i'ay commis rien qu'on puisse blamer ?

Damon.

Les faux sermens ne nous lauent de blame.

Philiris.

On peut iurer quand rien n'accuse l'ame.

Damon.

Ce que ie sçay ie ne puis l'ignorer.

Philiris.

Pour ne sçauoir ton cœur te fait errer.

Damon.

Las! i'en sçay trop, fussay-ie sans science !

Philiris.

Pour me laisser tu faits la consequence.

Damon.

Ton sale amour m'oblige à te quitter.

Philiris.

Et ton depart me va precipiter
Dans vn ſepulchre : ô dure deſtinee !
Maudit le iour, que iamais ie fus nee !

Damon.

Tu feins mourir, penſant que par ta mort
Tu ſeras iuſte, & que i'auray le tort:
Mais c'eſt en vain: il ſuffit ô Bergere,
Qu'vn Doralis t'ait pu rendre legere !

Philiris.

Qu'vn Doralis ait approché de moy?
Meſchant ! Ingrat ! ſans amour, & ſans foy !
As-tu point honte Impoſteur, qui deprimes
Ma renommee, & me noircis de crimes.

Ne me fay pas dauantage d'affront :
Bien que i'honore, & reuere ton front,
Et que toy ſeul au monde ie redoute :
A tout reſpect ie ferois banqueroute.

Damon.

T'ay-ie pas veuë en ſon ſein te coucher :
Retire toy: va t'en, va te cacher :
Si ce n'eſtoit ceſte amitié ſi ſainte
Qu'encor mon cœur te porte par contrainte,
Ie m'en irois d'vn beau ſtyle elargir
Tes ſalletez pour te faire rougir ;
Si toutesfois ton cœur qui n'en tient conte,
Eſtoit encor ſuſceptible de honte :

Quand vne fois vne femme a bronché
Elle est capable à faire tout peché.

   Meschante, vesse, à tout vice enhardie,
Le deshonneur de toute l'Arcadie !

   Tu vas grauant, a dire verité,
Dessus le front de ta posterité
Vne honorable & fort gentille marque,
Auant qu'entrer dans la fatalle barque,
D'auoir si bien mesnagé cest honneur
Sans qui la femme au monde est sans bon heur,
Sans qui la femme est iustement bannie
A toutiamais de bonne compagnie:
Celle qu'on void auoir l'esprit porté
Au salle obiet de la lubricité,
Quelque beauté dont elle soit fleurie,
Ne vaut plus rien qu'à mettre à la voyrie.

   Et tant de rage a mes yeux vient s'offrir,
Que ie ne puis deuant moy te souffrir.

   Va t'en villaine ! & iamais ne te montre :
Et pour ton bien euite ma rencontre.

Philiris.

Tu n'as que faire inhumain, & meschant,
De m'encharger de n'aller t'approchant !
Ie te fuiray, non pour estre ternie,
D'aucun forfait, mais pour ta calomnie,
Ouy, ie m'en vay, ie m'en vay promptement
Dans vn tombeau, par ton commandement:

Tu maudiras ta rigueur insolente
Quand tu verras que ie fus innocente.
   O bois, ô champs! ô solitaire lieu!
Las! ie vous dy pour tout iamais Adieu!
        Chœur des Pasteurs.
,, Ce siecle est ingrat & barbare;
,, A regret on void le Soleil!
,, Quand Musée, Homere & Pindare
,, Sortiroyent vivants du cercueil,
,, Leur belle Muse & leurs voix si diuines,
,, Seroyent Oysons, au lieu qu'ils furent Cygnes!
,,   La tourbe du peuple est méchante,
,, Médisans, enuieux, peruers;
,, Et les grands veulent qu'on les chante
,, Pour apres censurer nos vers!
,, On ne met plus aucune difference
,, Entre les arts & la vile ignorance!
,,   Ces sciences sont odieuses
,, On ne chante plus comme il faut
,, Les Muses ne sont que des gueuses
,, Et Phœbus n'est plus qu'vn maraut!
,, Qui va montant au mont à double échine
,, S'il n'a du pain, il mourra de famine!
,,   L'or tout seul regne sur la terre
,, L'Vsure deuore & le bien:
,, Aux beaux esprits on fait la guerre,
,, La vertu ne sert plus de rien:

                    O iij

„ Les grands n'ont plus les ames liberalles,
„ Leur cœur se plonge aux vices les plus salles!
„ Pensez-vous qu'vn homme soit sage,
„ Et n'aille grandement errant,
„ Qui va considerant son oùurage
„ A quelque seigneur ignorant,
„ Qui fait estat de l'œuure la mieux faite
„ Comme vn pourceau des perles qu'on luy iette?
„ C'est vne faute bien connuë,
„ Et qu'Apolon void de trauers,
„ Qu'vn Poëte aille la teste nuë
„ A quelque Prince, offrir ses vers,
„ Qui ne vid onc les Muses de la porte,
„ Et qui ne sçait que c'est que l'on luy porte!
„ Buffles du siecle insupportables!
„ Veaux d'or du vulgaire estimez,
„ Qui pour faire seoir à vos tables
„ Les Autheurs les plus renommez,
„ Croyez payer leurs vers qui pourroyent rendre
„ Des hommes morts immortelle la cendre?
Nobles pecores d'Arcadie,
Symboles de la vanité
De qui la fureur étourdie
Pense estre vne diuinité!
Et meriter les honneurs d'Alexandre,
Quand va duel sur le pré les fait rendre!
„ Que pourroit moins faire vn courage

„Qui cherche vn renom chez autruy,
„Qu'ayant par le fort aduantage,
„Tuer vn homme comme luy?
„Cela n'eft point vn acte qui merite.
„Tirer vn nom de Styx, ou de Cocythes.
„   Ces capitaines que leur gloire
„Rend apres la mort fi fameux,
„N'ont perpetué leur memoire
„Pour auoir occis vn ou deux:
„Mais pour auoir d'vne ame encouragee
„Défait vn monde en bataille rangee.
  Cherchez auec vos folles teftes
Autres chantres que dans ces bois
Pour parangonner aux conqueftes
Des vieux Romains & des Gregeois,
Vne fureur qui flatte voftre enuie
De vous donner vne immortelle vie.

  O beaux efprits qui dans le monde
Auez l'honneur deuant les yeux,
Qui beuuez à longs traits de l'onde
Qui rend les hommes glorieux!
Pouuez-vous bien r'auallant vos courages
A telles gens confacrer vos ouurages?

  Puis que vous n'enflez vos Mufettes
Que pour voftre contentement,
Gardez vos douces chanfonnettes
Pour ces forefts tant feulement:

Car auſſi bien vaine eſt voſtre eſperance
Si voſtre Muſe en cherche recompenſe.

   Suffit-il pas que ſous vn ombre
Vn Amy les aille chantant,
Accordant ſa voix à leur nombre
Sans s'aller l'eſprit tourmentant,
De les offrir à ces princes auares,
Qui font la nicque aux choſes les plus rares.

   Deſtins qui des choſes futures
Le ſort aux hommes diſpenſez,
Adouciſſez les aduentures
Dont nos Bergers ſont menacez, (grace
Afin qu'aux champs ſans trouble & ſans diſ-
Nous puiſſions viure vn perdurable eſpace.

ACTE CINQVIESME,
SCENE PREMIERE.

Thyrſis. Marthine.

Thyrſis.

D Ans ces foreſts, autresfois la demeure
De tout plaiſir, on n'entend à ceſte heure
Qu'horreurs, que morts, que ſanglots murmurants,

Que defefpoirs, que regrets des mourants!
Ce qui fembloit vn regne de delices,
Eft vn Enfer regorgeant de fupplices,
Où les efprits des malheureux damnez
Vont lamentant par l'amour enchainez!
Amour cruèl, qui les gefne en la forte
Que c'eft à tort que ce doux nom il porte.
Tant feulement on difcerne leurs fers
D'auec ceux-là, qui font dans les Enfers,
En ce qu'on peut quand le mal nous ennuye
Par le treffas mettre fin à fa vie,
Où chez Pluton, bien qu'on veille mourir,
On ne le peut, il faut toufiours fouffrir.

En quel degré de plaifir, ou de peine,
Te doy-ie mettre, ame belle, & hautaine
De Doralis, qui te fais vn plancher
Des grãds flambeaux que nous voyons marcher?

Quand tu vefcus tu n'eus rien que trifteffe,
Et tes ennuis en ta mort prennent ceffe!
Durant tes iours ta fiere Lycoris
Penfa brifer ta foy par fon mépris:
Mais ta conftance emporta deffus elle
Le beau renom d'eftre refté fidelle.

A fa rigueur preferable eft ton fort:
Car elle vit coulpable de ta mort,
Où toy mourant tu t'aquiers vne gloire
A tout iamais durable en la memoire.

O demi-dieux hoſtes de ces foreſts,
Sur ceſte mort n'eſpargneℤ vos regrets?
Eaux, & foreſts, de ſon trépas attaintes,
Preℤ & rochers, faites-en mille plaintes!

Et toy Myrthine, à qui bien iuſtement
L'honneur eſt deu d'aymer trop conſtamment,
Si l'effet doit à ſa cauſe reſpondre,
En vne mer ton beau corps ſe doit fondre,
Qui n'aura point d'autre vent ſur ſes flots
Pour l'agiter, que tes ardans ſanglots!
Las! qui ſera l'âme aſſeℤ épleuree
Pour t'annoncer ſa mort ineſperee?
Le dueil luy meſme eſt propre meſſager
Pour t'apporter la mort de ton Berger.
Mort qui diffame, & qui noircit d'iniure
Ceſte Prouince à la race future!

Pauure Myrthine helas! c'eſtoit a toy
Que Doralis deuoit donner ſa foy!

Mais ie l'auiſe à trauers ce boccage!
La pauure fille ignore ce naufrage!
Luy dirons nous? me voila demeuré
Comme le fer de deux Aymans tiré!
Ou comme on void la nef ſur l'Amphitrite
Entre deux vents l'vn à l'autre oppoſite.

Luy découurir c'eſt combler ſa douleur:
Et luy cacher, c'eſt croiſtre ſon malheur:
Car de ſa mort l'obſeque eſtant chantee

Elle sera du tout déconfortee
De n'auoir pas arrousé de ses pleurs
Son pauure corps, & couronné de fleurs !
Ioinct qu'on ne peut celer vne fortune
Qu'vn bruit public rendra toute commune.
Disons luy donc! Pres de ces bois seulets
Errans i'ay veu tes petits aignelets
Ne crains tu point qu'ils seruent de pasture
A quelque loup s'il suruient d'auenture ?
Il n'est pas seur de les quitter de loin :
Quelque autre obiet t'en fait perdre le soin !

Myrthine.

Las! tu dis vray ! ie suis bien peu soigneuse
De l'entretien de ma bande laineuse!
Vn autre soin diuertit cestuy-ci :
Aussi mon cœur en ses maux endurci
Ne semble plus d'aucun bien susceptible,
Et vis icy comme tout insensible.

Thyrsis.

Helas! tu vis, mais non pas ton Berger.

Myrthine.

Que me dis-tu? viens-tu pour m'affliger?
Que de malheurs mes iours viennẽt poursuiure!

Thyrsis.

Pour le celer, helas! qu'il peust reuiure!

Myrthine.

Poursuy Thyrsis, poursuy de discourir!

Ne tarde plus à me faire mourir!
Thyrsis.

Triste message! & lamentable histoire!
Celuy qui fut & l'honneur & la gloire
De tous ces champs, & seruit de flambeau
A tous Bergers, gist mort sous le tombeau!
Myrthine.

De tes propos mon ame est si troublee
Et de douleurs tellement accablee,
Que ie n'ay pas tes discours recueillis!
M'annonces-tu la mort de Doralis?
Thyrsis.

Ma contenance assez te fait comprendre
Que c'est de luy que tu me dois entendre.
De Lycoris il a receu la mort!
Tu sçais assez combien il l'aymoit fort,
Encor que d'elle il receut le contraire.
Pour te conclure, afin de s'en deffaire
Elle cheisit vn Bouuier inhumain,
Qui dans son sang alla tremper sa main,
Comme il dormoit bien loin de son village,
Dans ces forests sous le frais d'vn ombrage,
Cachant son corps pensant cacher sa mort.
Mais Dieu qui void & qui venge le tort,
A tous mortels rendant iustice egalle,
A ja puny ceste ame desloyalle!
Comme ce traistre ayant executé

Ce grand

Ce grand forfait, contoit sa cruauté
A Lycoris, qui n'en faisoit que rire,
Pan par hazard qui l'écoutoit tout dire
Dans vn buisson d'épines, & de houx,
Sort à l'instant, & remply de courroux
Par trois Syluains fait prendre la Chetiue
Et la condamne à brusler toute viue.

Myrthine.

O iuste Arrest! voire encore trop doux!
S'il s'en trouuoit de plus dur entre nous!
   Helas! cruelle! inhumaine, enragee
Qui de mon ame as la vie abregee,
N'estoit-ce assez pour ta fureur nourrir,
Le mépriser sans le faire mourir?
Que le present & passé l'on contemple,
C'est vn forfait qui n'eut iamais d'exemple!
   Méchante ingratte est-ce là le plaisir
Que ie te fis, quand tu me vins choisir
Pour empescher de ton Hylas la fuite?
Tu promettois d'aduancer ma poursuite
Et d'obliger Doralis à m'aymer!
Tout au rebours, tu me viens l'enfermer
Dans vn cercueil, & plus sa belle veuë
Ne me luira, c'est fait, ie l'ay perduë!
   O fiers destins auez vous donc permis
Que mon Berger sous la tombe soit mis?
Permettez-vous que tout l'honneur du monde

P

S'aille cachant deſſous la nuict profonde?
Pourray-ie viure abſente du Soleil
Qui fut lumiere & flambeau de mon œil?
Pourrois-ie bien demeurer & ne ſuiure
Celuy tout ſeul pour qui ie voulois viure?

　　O miſerable! ou ie n'eus point d'amour
Ou nos deux morts ſeront vn meſme iour!
Viure & le voir en la tombe deſcendre?
Que ie ſois flamme, & luy ne ſoit que cendre?

　　Non non Myrthine! il faut il faut entrer
Sous le ſepulchre & par ma fin monſtrer
Qu'vne qui vit quand ſa moitié giſt morte
Iamais au cœur n'eut vne amour bien forte.

　　　　　Thyrſis.

Chaſte Bergere, à quoy tous ces regrets?
Puis que ſon chef eſt couuert de Cypres,
Qu'Amour deuoit ombrager de ſon Myrthe,
C'eſt ſe plonger de Caribde en vn Syrthe,
Que de pleurer celuy que le trépas
Pour tes regrets & pleurs ne rendra pas!

　　Conſole toy par ceſte loy commune
Qui tout reſerue à pareille fortune:
Toy meſme vn iour qui peut-eſtre eſt bien pres,
Perdras la vie & t'en iras apres.

　　　　　Myrthine.

Il eſt bien pres! certaine eſt ta parole:
Berger amy, c'eſt ce qui m'en conſole!

Car si le dueil que me donne sa mort
N'est suffisant, i'ay le cœur assez fort
Pour aduancer les termes de ma vie.

Thyrsis.

Chasse bien loin ceste cruelle enuie
Belle Myrthine, & conserue ton iour,
Pour conseruer en ton cœur son amour.
Ce luy sera mille fois plus de gloire,
D'auoir tousiours sa place en ta memoire,
Que de mourir. Myrthine. Berger c'est vn des-
Qu'on ne sçauroit arracher de mon sein.   (sein
Sa belle Image estoit trop bien emprainte
Dedans mon cœur pour souffrir ceste attainte:
Adieu Pasteur! ie m'en vay rechercher
Mon Doralis! dont le nom m'est si cher!

Thyrsis.

Au desespoir mes propos l'ont induite.
Mais las! où tend si promptement sa fuite
Vers ce grand Roc qui regarde la mer?
Dieux! que de maux arriuent pour aymer!

SCENE SECONDE,
DV CINQVIESME ACTE.

Philiris, seule.

Doncque ie meurs! & n'ay point fait d'offéce
A mon Damon, ny blessé ma constance!
Et cependant on m'impute vn forfait
Et me tient-on ainsi que l'ayant fait!
　O cruauté! qu'aux despens de ma gloire
La calomnie ait sur moy la victoire!
Siecle de fer! siecle ingrat & méchant!
Où les vertus sans support vont marchant!
Et bien souuent auec trop d'iniustice
Changent de nom & se prennent pour vice!
　Gentils Bergers qui viuez dans ces bois,
Qui de l'amour voulez suiure les loix,
C'est bien en vain que vous estes fideles
Seruant vn maistre, à qui l'arc & les aisles
Et les deux yeux priuez du commun iour
Témoignent bien la nature d'Amour!
　Helas amis! fuyez ce labyrinthe
Qui pour Nectar vous abreuue d'Absynthe
Viuez exempts de ce ioug malheureux

Les plus mal-nez ce sont les amoureux?
  Or sus courons à la mort inhumaine!
Puis qu'il n'est point d'autre fin à ma peine!
Monstrons par là quel tort eut mon Berger
Alors qu'il creut mon courage leger!
  Mais las! auant qu'au cercueil ie me rende!
Adieu forests dont la cyme commande
Sur ces hauts monts qui voisinent les Cieux!
Adieu ruisseaux ornement de ces lieux!
Adieu Iardins dont la face plaisante
Va nourrissant la rose & l'Amaranthe!
Adieu rochers de mousse blanchissans,
Qui depitez les saisons & les ans!
Et qui portez sur vostre front emprainte
De mes douleurs la funeste complainte!
  Et vous brebis que ie soulois mener,
Et que ie vais aux loups abandonner!
Pauures brebis! allez à l'auenture
Parmy ces champs cercher vostre pasture!
  Veillent les Cieux que vous puissiez tomber
Puis qu'il me faut à la mort succomber,
Entre les mains de quelque autre Maistresse
Qui vous gouuerne auec moins de tristesse!
  Adieu Damon mon eternel regret!
Qui seul portois la clef de mon segret!
Qui pour changer ta premiere alliance,
M'as accusée a grand tort d'inconstance!
                    P. iij

Ainsi le Maistre ennuyé de son chien
Qui le seruit en ieunesse si bien
Et le voyant arriuer au vieil age
Va supposant qu'il est saisy de rage
Pour s'en deffaire, & de peur de nourrir
La pauure beste ingrat le fait mourir.

Tu fais de mesme à ta pauure Bergere
Cruel Damon en la disant legere,
Car tu sçais bien le contraire en ton cœur!
Et cependant à ta dure rigueur
Ie vais seruant de sanglante victime:
Mais c'est tout vn, ie pardonne ton crime!
Tant seulement fay moy ceste mercy
Si ton chemin s'adonne vn iour icy,
Que si tu creus que ie commis offence,
Voyant ma mort tu changes de creance!
Et si ce n'est vn peu trop esperer
Que sur ma mort tes yeux doiuent pleurer
Fay moy ce bien, cher Damon, de répandre
Vn petit pleur dessus ma froide cendre!

Mais c'est assez! il est temps de mourir!
O douce mort qui me peux secourir!
Que tout le monde estime si terrible,
Vien t'en guarir ma douleur plus sensible!

Et toy mon bras apprentif à ses coups,
Qu'vn desespoir exige en son courroux,
Enhardy toy, tiens cest acier bien ferme,

Qui de mes iours doit abreger le terme!
Et pour sortir promptement de langueur,
Choisy la place où reside mon cœur!
    O coup mortel! i'entre sous les tenebres!
Et ne voy plus que des horreurs funebres!

SCENE TROISIESME,
DV CINQVIESME ACTE.

Arcadin.   Doralis.

Arcadin.

Oicy mon homme en dépit du malheur!
Il faut qu'il ait sa part de la douleur!
    Tout est perdu! tu n'as plus de Bergere!
On la conduit par la mort chez Megere!
Pour t'auoir mis iniustement à mort!
    Cent diablotins l'attendent sur le bord
Où le Vieillard conduit la fraile troupe
Des pauures morts, dans sa vieille Chaloupe.
    Ayant taché de te faire mourir
Es-tu capable à l'aller secourir?

Doralis.

Las! qu'as-tu dit? Arcadin tu m'assommes!

Arcadin.

O le meilleur de tous les meilleurs hommes!
Ie gageray que tu ſeras ſi fol
De la ſauuer de l'infame licol!

Doralis.

Las! que dis-tu? la tristeſſe m'affole!
Ie ne comprens ta voix ny ta parole!
Et i'ay l'eſprit tout perdu de regrets!

Arcadin.

S'il eſt perdu ie ne vay pas apres!

Doralis.

Helas! Amy, peux-tu gauſſer, & rire,
Me racontant vn ſuiet de martyre.

Arcadin.

„On dit pourtant, & i'en croy le diſcours,
„Qu'au mariage on n'a que deux bon iours:
„Le reſte eſtant plein de trouble & de guerre,
„Quand on prend femme, & qu'on la porte en
      terre.

Doralis.

Helas! Amy, ne m'afflige point tant!
Va ſeulement l'hiſtoire me comptant!

Arcadin.

„Ie le feray: mais penſe, & te propoſe
„Qu'en la perdant tu ne perds pas grand choſe!
„Et qu'vn Berger à l'eſprit endormy
„Alors qu'il plaint la mort d'vn ennemy:

Si c'estoit moy, par Actes fort celebres
Ie luy rendrois les offices funebres!
Ie publierois en tous lieux que sa mort
Iroit seruant de Boussolle & de Nort.
Et de bon Vent à ma pauure nauire:
Ie pleurerois, mais à force d'en rire:
Et Vay iurant, que le bon Arcadin
En porteroit le dueil d'incarnadin!

Doralis.

Tu ne Veux donc me dire ceste histoire?

Arcadin.

Si faits Pasteur: mais as-tu plus à boire?
Le chaud m'a fait tout le corps distiller:
P'ay si grand soif que ie ne puis parler:
A-il plus rien dedans ta panetiere?

Doralis.

Dieux! quelle humeur! Arcadin. Ta miche est
      toute entiere!
Ie Vays en prendre Vn morceau pour manger:

Doralis.

Helas prens tout! & sans plus m'affliger
Va racontant cest Acte lamentable!

Arcadin.

Ce beau chemin me seruira de table:
L'herbe de nappe: allons tout bellement!
C'est auiourd'huy mon premier aliment!
Ie meurs de faim: ceste ieune pucelle

M'auoit pour toy si bien mis en ceruelle,
Que ie n'auois ny vouloir, ny loisir,
De bien manger ou boire à mon plaisir.

Doralis.

Donc pour neant Amy ie te conjure
De me conter la fatale aduenture ?

Arcadin.

L'impatience est maistresse de toy :
Oy donc ces mots & leur adiouste foy.

Ta feinte mort a fait double naufrage :
Comme i'allois auec vn feint langage
A Lycoris ton trépas racontant :
Le grand Dieu Pan alloit tout écoutant
Dans vn buisson, qui soudain la captiue
Et la condamne à brûler toute viue.

Ie ne fus prins, mais bien peu s'en fallut :
A ces deux pieds ie dois tout mon salut :
Ie viens des lieux où i'auois épargnée
Ta belle vie à la mort condamnee .
Où t'apellant par ton nom mille fois
Rien que l'Echo ne parloit à ma voix.

En fin ie viens, où la mer courroucée
Blanchit d'écume, au riuage amassee,
Où i'ay trouué des pescheurs qui tiroyent
Dedans leurs rets vn corps mort, & pleuroyent :
Et l'exposant sur l'arene voisine,
Il fut conneu pour celuy de Myrthine ;

Qu' vn defespoir auoit fait abifmer
Pour ton trépas dans les eaux de la mer.

Lors fans tarder à donner fepulture
A la Bergere, ou plaindre fa mort dure,
N'eftant pas bien mon humeur de pleurer,
Ie les laiffay pour l'enfepulturer,
Et vins icy t'annoncer la nouuelle
Qui femble vn peu t'affliger la ceruelle:
Mais fans fujet : car tout fuccedera
A ton defir fi toft qu'on te verra:
Tu n'eft point mort: a quoy donc vn fupplice?
Que Pan s'en aille, & toute fa iuftice!

Myrthine feule a porté le fardeau
De ce malheur, s'eftant iettee en l'eau:
Elle auoit bien affaire de tant boire
Pour vn fujet, qui n'en aura memoire.
,, La plus grand part du monde court les chaps!

Doralis.

Cher Arcadin tes confeils font méchants!
Ils m'ont induit à prolonger ma vie
Pour de malheurs la rendre pourfuiuie:
O malheureux! ma haine, & mon amour,
En font mourir deux en vn mefme iour!

Arcadin.

Hé bien! veux-tu pour peine meritee
Laiffer mourir cefte ieune effrontee?
Ou te refoudre à l'aller fecourant?

Si du gibet tu la vas retirant,
Garde toy bien, comme c'est l'ordinaire,
De retomber en sa main sanguinaire :
„ Quand vne fois leur cœur se veut vanger
„ En tout sujet il n'est que trop leger:
„ Mais en ce poinct iamais il ne repose
„ Qu'il ne paruienne au but qu'il se propose.

Doralis.

Las! tu sçais bien que ie voudray tousiours
Garder sa vie aux despens de mes iours.

SCENE QVATRIESME,
DV CINQVIESME ACTE.

Hylas.   Thyrsis.

Hylas.

Ve voy-ie icy qui la terre ensanglante?
C'est Philiris! ô Bergere excellente,
Qu'elle barbare & fiere cruauté
A mis la main sur ta rare beauté?
Ton teint de lys & ta face est pareille
Malgré la mort à celuy qui sommeille!
Ou bien aux fleurs qu'auec vn fer trenchant

Le Labou-

Le Laboureur dans vn pré va fauchant!
    Pleurez, Syluains! pleurez Hamadriades!
Aganypans, Satyres, & Driades!
Mais pour pleurer dignement ce trépas
L'eau de la mer ne vous suffiroit pas!
    Et toy Berger, qui marche ainsi viste,
Arreste vn peu la charité t'inuite
Et la pitié de donner à son corps
Auec moy le triste honneur des morts!
„ C'est vn deuoir qui n'a iamais d'excuse,
„ Qu'aux ennemis mesmes on ne refuse.

Thyrsis.

Si ie suis prompt, n'en sois pas estonné,
Ie vay pour estre au supplice ordonné,
D'vne Bergere assez de nous voisine,
Fille de Mopse, & de la belle Alcine
Pan, auiourd'huy la doit faire mourir.

Hylas.

Quels vains propos me viens-tu discourir?
Quelque fureur ta ceruelle a blessee?
Tu cours les champs, ton ame est incensee:
Qui viens icy des fables me conter,
Ou pour te rire, ou pour m'épouuanter.
    Or si tu veux me donner la creance
Qu'en toy reside vn once de prudence,
Tant seulement couurons ce pauure corps
D'vn peu de terre, & puis va t'en alors!

Q

Thyrfis.

Si pour prouuer à ton ame obstinée
Que Lycoris à mort est condamnée,
Et qu'auiourd'huy viue on la doit brusler,
Tu me tiens sage, & m'écoutes parler:
Il n'est aizé la seure experience
T'en peut donner amplement connoissance.
Mais n'important à ma simplicité,
De te laisser en incredulité,
Ie ne veux pas t'en dire d'auantage:
„ Qui parle trop, n'est pas estimé sage.

Hylas.

Ne veilles pas si soudain me quitter:
Ce que i'ay dit n'est pas pour t'irriter:
Mais tes propos qui troublent ma constance,
Me vont semblant si loin de l'apparence,
Que ie ne sçay comment y donner foy.

Thyrsis.

Croy, si tu veux, mais tousiours entends moy:
Puis tu verras au recit lamentable
Si c'est mensonge, ou chose veritable.
Il est certain que Doralis aymoit
Cette Bergere, & surtout l'estimoit
Elle au contraire ingratement farouche!
En doux propos ne sortoit de sa bouche
De fiers dédains sans plus elle payoit
Son amour saincte, & de luy s'enfuyoit:

Or pour ſe rendre à la fin dégagee
De ce berger, qui l'auoit obligee,
D'vn Villain Ruſtre elle alla faire choix,
Qui l'aſſaſine au milieu de ces bois.

Comme il retourne, & d'vne Acte ſi noire
A Lycoris va racontant l'hiſtoire,
Le Ciel voulut, ennemy de peché
Que Pan l'oüit dans vn buiſſon caché.

Ce fut alors que brûlant de coleres
Il commanda d'arreſter la Bergere,
Et par l'aduis du conſeil, & des loix
Qui pour ſa mort ont tous donné leur voix:
Elle eſt aux feux par Arreſt députee,
Que ſans mentir elle a bien meritee.

Pour le boüuier qui l'auoit fait mourir,
Il éuada leurs mains à bien courir:
La laiſſa ſeule à ſouffrir le ſuplice,
De ſon forfait la cauſe, & la complice.

Hylas.

Amy Berger helas! que me dis-tu?
Ie ſuis d'ennuis, & d'horreur abbatu!

Thyrſis.

Si du Paſteur à tort la vie étainte
Te va touchant, tres-iuſte eſt ta complainte!
Mais ſi tu plains la mort de Lycoris,
Coulpables ſont tes larmes, & tes cris:
Elle eſt méchante, & du tout criminelle!

Q iiij

Nature eut tort de la faire si belle.

Hylas.

Bien que l'on puisse ainsi d'elle iuger,
Il n'est pas bon, ce me semble, à Berger,
De t'esiouïr de la mort d'vne fille,
Qui fut la gloire & l'honneur de ceste isle.
„ Les maux d'autruy nous allons regardant
„ Sans voir celuy que Dieu nous va gardant.
   Pour moy ie veux aux despens de ma vie,
Luy témoigner mon amoureuse enuie:
I'ay le courage, & l'esprit assez fort,
Pour endurer en sa place, la mort.

Thyrsis.

Il m'est aduis que c'est chose impossible
De la sauuer d'vn crime irremissible.

Hylas.

Est-ce pas bien vn pardon acquerir,
Donnant pour elle vn homme pour mourir.

Thyrsis.

Pan voudroit-il, estant tout équitable,
Punir vn iuste & sauuer vn coulpable.

Hylas.

Et ï aduoüeray que ie suis seul Autheur,
Non Lycoris, de la mort du Pasteur:
Et que iamais n'y pensa ma Bergere.

Thyrsis.

Et le Boüuier a dit tout le contraire.

Voire elle meſme a ſon crime aueré.

Hylas.

N'importe pas : ſon tourment preparé
Seul me regarde, & partant te coniure
De donner ſeul à ce corps ſepulture :
Moy, cependant ie vay donner ſecours
A la Bergere, ou terminer mes iours !

SCENE CINQVIESME,
DV CINQVIESME ACTE.

Meſſager, Thyrſis, Arcadin.

Meſſager.

Ke la fortune inconſtamment ſe ioüe
De tous mortels au branle de ſa roüe !
Q'and nous penſons que le Ciel irrité
Par cent malheurs ait tout precipité,
Et qu'il n'eſt plus d'eſpoir ny de remede,
C'eſt lors qu'on void qu'au contraire il ſuccede !
Témoins en ſont ces Bergers amoureux,
Que leurs malheurs ont rendu bien-heureux !

Thyrſis.

Las! ſi tu ſçais quelque bonne nouuelle,

La Princesse,

Conte là moy, car ie suis en ceruelle!

Messager.

Si de leurs maux la fin tu veux sçauoir,
Escoute moy, car ie viens de là voir!

Arcadin.

Ma foy! ce sont des nouuelles bien fades!
Tous ces Pasteurs n'estoient pas bien malades;
Ils sont couchez en vn lit deux à deux:
L'hyuer s'aproche, ils sont vn peu frilleux!
S'ils ne sont bien, c'est vn fort grand miracle.

Messager.

Bien qu'on pensast qu'vn eternel obstacle
Deust empescher ces Bergers, d'arriuer
A ce repos, qu'Amour leur fait trouuer,
Et que la mort, la haine, & les suplices,
Fussent leur centre & leurs seules delices:
Les accidens succedant au rebours,
Les ont conduits au printemps de leurs iours.
 Premierement, Damon qui vid saisie
Sa prompte humeur d'vne aspre ialousie,
Reconnoissant par là sanglante mort
De Philiris, combien il auoit tort,
Estoit au poinct de mourir de tristesse.
 Alors qu'Ergand, vieillard plain de sagesse,
Qui connoissant le coup n'estre mortel,
Y mist du ius d'vne herbe, qui fut tel;
Qu'au mesme instant la Bergere mourante

Vid affermir fa vigueur languiffante :
Et plus encor alors que fon Berger,
Qu'vn faux foupçon auoit rendu leger,
De cent baifers vint adoucir fa peine.

   Alors tous deux fans pouls, & fans haleine,
Alloyent mourir en ce trifte plaifir,
Sinon qu'Vrgand, conforme à leur defir,
A pour iamais leur douleur terminée,
Les affemblant fous vn faint Hymenée!

Thyrfis.

Quand ie là mis en pleurant au cercueil,
Ie reputois fon trépas vn fommeil :
Car la beauté fur fa face imprimée
Par le trépas n'eftoit point diffamée :
Le refpirer luy manquoit feulement.

Meffager.

Myrthine auffi que le moite element
Auoit receu en fes bras pour naufrage,
Comme elle fut expofée au riuage
Par des pefcheurs, qui croyoyent que la mort
Euft fait furgir fon ame au dernier bord :
Ce qui n'eftoit, car ayant fur l'arene
Vomy les flots defquels elle eftoit plaine,
On la porta, pour l'habit la changer,
En la maifon du plus proche Berger,
Où Doralis arriua d'auenture.

Thyrsis.

Quoy Doralis? il est en sepulture:
M'a-on pas dit, que par commandemens
De Lycoris, il est au monument?

Messager.

Escoute donc ces merueilles estranges,
Et de l'amour annonce les loüanges
En tous les lieux, où marche le Soleil.

Doralis donc n'est pas dans le cercueil:
Car ce Bouuier qui print la charge infame
De separer d'auec son corps son ame,
Meu dans son cœur d'vne saincte amitié,
Luy donna grace, & print de luy pitié:
Mais toutesfois à la charge de feindre
Qu'il estoit mort, & luy s'en alla teindre
Son glaiue au sang d'vn innocent aigneau
Qui le premier luy vint de son troupeau.

Arcadin.

Ce ne fut pas d'vn aigneau: tu te coupes:
Ce fut d'vn veau le meilleur de nos troupes:
L'ingratte encor ne me le veut payer:
,, De la seruir ce n'est pas grand loyer.

Messager.

Si que venant retrouuer la Bergere,
Il luy conta l'histoire mensongere
De ceste mort: & bien print le dessain
A Lycoris, qu'auoit fait ce villain.

Arcadin.

Tu mens coquin: ie suis fort honneste homme.

Messager.

Son iour estoit à sa derniere somme.

Mais il vaut mieux tant soit peu m'arrester
Sur ce discours que ie veux reciter.
C'est vne histoire à iamais memorable:
Et nos ayeux n'en ont point de semblable.

Tous les Pasteurs en grand foule assemblez,
Et pour la mort de Lycoris troublez,
Ne faisoient plus qu'attendre la iustice,
Qui la deuoit amener au suplice:
Le grand bucher plain de fagots ardans,
Faisoit horreur à tous les regardans.

Quand voicy Pan qui la mene en sa suite
Les bras liez par deux Faunes conduite:
Ceux qui voyoyent ceste rare beauté,
Ainsi trainee au suplice appresté,
Ne pouuoyent pas, entre cent mille alarmes
Se dispenser de plaintes, & de larmes:
Et Pan luy mesme, encor que bien constant,
En fut tout triste, & l'alla regrettant:
Aussi le cœur eust esté bien sauuage,
Qui de pleurer se fust osté l'vsage.

Que de Bergers eussent voulu donner
Tous leurs troupeaux, pour sa mort destourner.

Arcadin.

Mais non pas moy: ie ne suis pas si beste.

Messager.

Mais Pan qui n'oit priero ny requeste.

Arcadin.

Il estoit sourd. *Messager.* Par vn graue discours
L'admonnestoit de bien finir ses iours;
Et d'implorer la celeste puissance
De pardonner sen meurtre, & son offense.
　Il ne restoit qu'à la precipiter
Dedans la flamme. *Thyrsis.* Acheue de conter:
Ie meurs de peur qu'on ne iette la belle
Dans le suplice, & que ce soit fait d'elle!

Arcadin.

Belle depesche! on ne laisseroit pas
D'ensemencer les terres icy bas!
Est-ce vn morceau si friand à la gorge?
Et vertu-bleu! l'Arcadie en regorge.

Messager.

Non non Berger, ne te tourmente en vain:
Tout ira mieux: car voici tout soudain
Que Doralis & ce Bouuier arriuent.
　Mille Pasteurs, & mille encor les suiuent
Comme on suiuroit vn qui dix ans apres
Viendroit d'Enfer, couronné de Cypres.

Arcadin.

De ces quartiers il ne vient pas grand'presse!

Meſſager.

Chacun s'eſmeut, & ſaute d'allegreſſe,
Pan s'eſtonna luy meſme en le voyant:
Et Lycoris n'alla plus larmoyant:
Croyant frauder la mort de ſa victime.
　　Lors Doralis pour la purger de crime,
Et pour fleſchir le grand Pan irrité,
La veuë en terre, auec humilité,
Le prie ainſi: grand Dieu qui ſur Menalle
As mille autels où fume l'encens maſle,
Fay nous pitié! pardonne à Lycoris!
Quand elle auroit ſur ma vie entrepris,
La pauure fille en a fait penitence:
I'auois commis encontre elle vne offenſe,
Qui l'obligeoit à procurer ma mort:
Et le faiſant elle n'auoit pas tort.

Thyrſis.

Et ce Bouuier plaidoit-il point pour elle?

Arcadin.

I'eſtois aſſez pour moy meſme en ceruelle
Ie tremblois tout & d'horreur, & d'effroy,
Que ce grand feu ne s'allumaſt pour moy:
Ie ne cherchois qu'à ſortir de la preſſe:
Et m'excuſant, ie dy: ceſte traiſtreſſe,
M'auoit chargé de tuër ce Berger,
Mais connoiſſant leur cœur eſtre leger,
Et qu'auiourd'huy leur amitié pourchaſſe

Celuy qui fut her-ſoir en leur diſgrace:
Ie me monſtray pitoyable, & diſcret,
Preuoyant bien qu'elle en auroit regret.

Thyrſis.

Et que fiſt Pan enuers ceſte inhumaine?
Dy promptement, car i'en ſuis fort en poine.

Meſſager.

Il reſpondit : encor que de ſon flanc
Ce bon Cheurier n'ait épuiſé le ſang,
N'importe pas: ceſte fiere, & rebelle,
La fait mourir en tant qu'il eſt en elle:
Elle en mourra ſans aucune pitié
Toy qui monſtras quelque traict d'amitié
Ie te pardonne: Arcadin. Ha Dieu, lors que i'y
Que ie fus aiſe oyant ceſte ſentence!   (penſe,

Thyrſis.

Ton froid diſcours glace tous mes eſprits !
Ie vay tremblant, & meurs pour Lycoris

Arcadin.

Et ie m'en morquer. Meſſager. Ainſi comme il
Pour l'exempter du ſuplice funeſte,   (conteſte,
Voici venir Hilas d'autre coſté,
Et de douleur, & d'Amour tranſporté,
Qui pour tirer Lycoris du Suplice,
Se dit l'autheur de tout ce maléfice,
Maintient que ſeul il a cherché la mort
De Doralis, & que c'eſt à grand tort

Qu'on

Qu'on veut punir vne fille innocente.

    Elle au contraire au trépas se presente,
Et d'autre part Doralis veut perir,
Si quelqu'vn doit pour son sujet mourir.

    Certainement il faut que ie te die,
O cher amy, que iamais l'Arcadie
N'oüit parler d'vn accident pareil:
Trois qui plaidoient pour entrer au Cercueil.

    Que te diray-ie? encor que la prudence
Au cœur des Dieux face sa residence,
Pan, fut en doute en voyant le Berger
Competiteur, ce qu'il deuoit iuger!
Et d'autre-part du peuple le suffrage
Pour Lycoris mollissoit son courage.
Vn poinct restoit & le plus hazardeux
Que Lycoris ne pouuoit estre à deux.

    Mais Pan qui lit dans les choses futures
Sçait le passé, connoit les plus obscures,
Fist promptement deuant son souuenir
Vn accident oublié reuenir,
Dont peu de gens alors auoyent memoire.

    Alors qu'Alcine eut sur Mopse victoire
Dieu leur donna, leur couche benissant,
Vn fils lequel mourut presque en naissant:
Car il tomba dans la main des Tartares,
Qui pilloyent l'Isle, inhumains & barbares:
Et de leurs mains vint en celle d'Almont,

R

Qui mille aigneaux paissoit dessus ce Mont,
Qui d'vn tel bien benit sa destinee,
Car ce Pasteur n'auoit point de lignee :
Et tout ioyeux, pour son fils l'adoptant,
Il le nomma Doralis à l'instant.

D'vn si long temps ceste perte aduenuë
A tout le monde estoit lors inconnuë.

Mais Pan qui veut tous leurs maux terminer,
Fist deuant luy leurs parens amener,
Et reconnoistre à la belle Bergere,
Que Doralis estoit son propre frere.
Voire & quelle eust, en luy perceant le flanc,
Trempé sa main dedans son propre sang :
Et Doralis sçachant ceste nouuelle
Changea sa flamme en amour fraternelle.
Et consentit qu'Hylas fust possesseur
Et le Mary de ceste sienne sœur :
Ce fut de Pan l'ordonnance seconde :
Qu'en cris de ioye approuua tout le monde.

Puis remonstrant à ce gentil Berger,
Combien Myrthine auoit peu l'obliger,
S'estant pour luy dans les flots abismee,
Lors que sa mort auoit esté semee :
Et qu'en ce monde on ne peut luy bailler
Vne beauté qui la puisse égaller,
Ioint la vertu de sa perseuerance,
Lors Doralis y consent, & commence

A doucement laiffer fondre fon cœur,
Et transformer en amour, fa rigueur:
Et maintenant ils iouïffent enfemble
D'vn doux plaifir, qui leurs defirs affemble.
Thyrfis.
*Ainfi les Dieux fçauent fort bien à poinct
Donner remede aux maux qui n'en ont point.
Meffager.
Tu n'as ouy qu'à moitié leur fortune,
Entens le refte. Thyrfis. Elle n'eft pas cõmune.
Meffager.
Nous auons creu, par vn bruit menfonger,
Qu'Hylas eftoit feulement vn Berger,
Bien que fon port, fa grace, & fon vifage,
Parlaffent haut pour dire fon lignage:
Et cependant Amathonthe, & Paphos,
Et ce que Cypre en fes bras tient enclos,
Sont fes fubjets, & toute la Prouince
Le recognoit pour monarque, & pour Prince.

Pan les auoit à grand peine affemblez,
Encor d'amour, & de la mort troublez,
Que deux courriers, venant de Salamine
Sont arriuez par volonté diuine
Que l'ont conneu dés le premier abord.

Le grand Hyrtas, le Roy fon pere, eft mort:
Qui trop credule aux difcours d'vne femme,
Du bel Hylas maraftre trop infame,

R ij

L'auoit banny, pardonnant son trépas,
A qui premier r'encontreroit ses pas.
　　Apres sa mort, le peuple qui s'anime
D'auoir perdu son prince legitime,
La fait chercher : si bien que ses Courriers
Le vont conduire ombragé de lauriers,
Et quand & luy ceste Bergere heureuse,
Et de fortune, & d'Amour glorieuse,
Qui meritoit, en quittant ses brebis
Porter vn Sceptre, & des royaux habits.

Thyrsis.

,, Quelque ennuy qui nous persecute,
,, Et fasse à ses traicts vne bute.
,, De nostre chef indeffendu :
,, Il faut dementir l'apparence,
,, Voire apres auoir tout perdu,
,, Conseruer tousiours l'esperance.
,,　　C'est l'Ancre, qui malgré l'orage,
,, Preserue la nef de naufrage :
,, C'est celle qui braue le sort :
,, Le malheur, la rage, & l'enuie :
,, Voire qui mesme apres la mort
,, Promet vne seconde vie.
　　Eust-on pas dit par euidence,
Qu'il n'estoit au monde allegeance
Pour ces Pastoureaux amoureux ?
Cependant les Cieux fauorables

Les rendent beaucoup plus heureux,
Qu'ils n'auoyent esté miserables.
„   Qui blame l'amoureuse flamme,
„ N'a raison aucune en son blame,
Excepté qu'il est sans Amour :
„ C'est vne vieille souche morte,
„ A qui le doux flambeau du iour
„ A regret ses rayons apporte.
„   Son ame est d'vn sommeil pressee,
„ C'est vne mer morte & glacee,
„ Sur qui les Zephires plus doux
„ Ne soufflent iamais leur haleine:
„ Et plus dure que les cailloux
„ Dont Pirrhe fist la race humaine.
    Aille qui voudra faire iniure
Aux loix d'Amour, & de Nature,
Enfermant son cœur d'vn Rocher :
Ie tiens ce crime irremissible,
Si l'on me venoit reprocher,
Qu'à leurs traicts ie fus insensible.
              Arcadin.
Personne donc ne se plaindra du sort?
Chacun s'entr'ayme: & moy i'en suis d'accord:
Tous sont contens d'Amour, & de sa flamme,
Et moy tout seul ie demeure sans femme!
A Lycoris ie m'estois attendu:
Mais ie voy bien que c'estoit temps perdu.

Pour tout cela pensez-vous que i'en pleure?
Nenny ma foy! ie m'en ris a ceste heure!
Et ces Bergers que l'on void si contens,
Dans peu de iours diront : Adieu bon temps!
Dans quatre mois, tout au plus, ie m'en vantes,
Ie leur verray les oreilles pendantes,
La face blesme, & le sang refroidy:
Et moy plaisant, gay, galand, & hardy,
I'iray suiuant mon humeur vagabonde:
„ On trouue assez de femmes par le monde,
    Et croyez-moy si l'on void Arcadin
Pres d'vne femme a faire du badin,
De quelque attraict qu'elle soit équipee:
Que l'on prendra les loups a la pipee.

F I N.